光文社文庫

平場の月

朝倉かすみ

光　文　社

目次

一「夢みたいなことをね。ちょっと」

病院だったんだ。昼過ぎだったんだ。おれ腹がすいて、おにぎり喰おうと思ったんだ。おにぎりか、菓子パンか、助六か、なんかそういうのを買おうと売店に寄ったら、あいつがいたんだ。おれすぐ気づいちゃったんだ。あれ？　須藤？　って言ったら、あいつ、首から提げた名札をちらっと見て、いかにも、みたいな顔してうなずいたんだ。いかにもわたしは須藤だが、それがなにか？　みたいな。

深く呼吸した。

口元を拭い、青砥、と人差し指で胸を指す。

ごく控えめな身振りだった。

六月十一日月曜日。青砥健将は花屋にいた。駅前のこぢんまりとした花屋だ。

「青砥だよ、青砥」

あのときの自分の声が耳の奥で鳴った。

「なんだ、青砥か」

須藤の声も鳴った。滑舌はいいのだが、柔らかみのある声だ。女にしてはやや低く、頭のよさが感じられる。

須藤の白い顔ももちろんあらわれた。ちいさな顎を少し上げ、不敵というか、満足げというか、堂々たるというか、そんな笑みを浮かべていた。つまり、須藤の、いつもの、笑顔だ。

「プレゼントですか？」

花屋の店員が話しかけてきた。そんなに若くなかった。顔のわりに髪が黒い。海苔のような長い髪を後ろでひとつに括っている。青砥は腕を組み、首をかしげた。

「いや、供える的なやつ」

「ご供花ですね」

「あ、たぶんそんな本格的なアレじゃなくて。時間経ってるもんで。ちょっとおれ知らなくて。さっき知って。一ヶ月くらい前だったたって、ついさっき」

短いうなずきを忙しく繰り返し、「まーだから」と青砥は足を肩幅にひらいた。うん、と腹に力を入れる。

「プレゼントみたいなもんです」

「そうなんですね」

店員が訳知り顔で応じ、店のなかを見回した。青砥も彼女の視線を追う。花だ。大摑みでそう思った。それよりほかの感想が出てこなかった。強いていえば、どっさりあるなということくらいだ。だからなのか知らないが、葬式の匂いがする。

「ご予算は？」

訊かれて、「あぁ」と生返事をした。バケツに入った花の束を一種類ずつ見ていく。花屋で花の顔をじっくり見るのは初めてだった。色やかたちのちがいは分かるが、やはり、どいつも「花」だった。

「なんも決めてなくて」

答えたら、顎がコリッと音を立てた。長いこと口をひらいていなかったわけでもないのに。

昼休みに須藤の訃報を聞いた。安西からだ。

安西知恵は青砥の勤める印刷会社のパートタイマーである。旧姓は橋本。青砥とは小学校と中学で同窓だった。珍事というほどではない。パートの募集をかけると、数度に一度は昔なじみの女子が履歴書を手に面接にやってくる。

女子といっても五十なのだからオバちゃんだ。朝霞(あさか)、新座(にいざ)、志木(しき)。家庭を持ってもこのへんに住む元女子たちは一定数いる。地元から一歩も出ずにいたか、都内で所帯を持ったもののマイホーム購入にともない戻ってきたかしていた。元男子の青砥も同様で、このへんで育ち、このへんで働き、このへんで老いぼれていく連中のひとりである。

コンビニまで昼飯を買いに行く途中で、パート仲間と弁当を広げる安西に声をかけた。株主総会のパンフレットの検品をしていた安西は、不織布のキャップをかぶったまま白飯にのりたまをふりかけていた。

「帽子」

指差して笑ったら、

「やだもう」

安西は若やいだ声を発し、傍(かたわ)らのパート仲間にしなだれかかった。急いでキャップを取り、髪に指を入れ、へたった毛を起こす。

「毎日弁当つくってんのな」

「ダンナに持たせるから、そのついで。ダンナ、痛風だからさ」

「えらいねえ」

ちゃんと奥さんやってて、とその場を離れようとした。「んじゃまた」と出口に足を向けかけたら、安西が「あ、ちょっと」と、おいでおいでをし、「なんだよ」と青砥の応じる間を待たず、「知ってる？」と声をひそめたのだった。

「須藤葉子。ハコ。亡くなったんだって」

息が詰まった。顔とからだの動きが止まった。罠にはまり、網ごと吊り上げられたようだった。

「ウミちゃんから聞いたんだ。昨日ヤオコーでばったり会ってさ」

「あぁ」

かぼそい声が出た。ウミちゃんも元女子のひとりだ。中学校での三年間、同じクラスだった。やはりクラスメイトだった須藤とはパート先も一緒だった。中央病院の売店だ。

「こないだハコにＬＩＮＥしたんだって。久しぶり、元気？　みたいな」

なんか予感があったのかも、と付け足した安西の表情はシリアスだった。

「そしたら妹さんから返事がきて。姉は五月三日に亡くなりましたって。故人の希望で葬儀はおこないませんでしたとか、ご報告が遅くなり失礼しましたとか、生前のご厚情を感謝しますとか、ＬＩＮＥで」

「ＬＩＮＥで」

鸚鵡返しにつぶやいた。おれのとこにはきてないなと思った。須藤の携帯が妹の手に渡ったのなら、おれには連絡がくるはずだ。そう思った途端、痛みが走った。みっちゃんはおれの味方じゃなかったんだ。そうだろうなとうなずいた。そりゃそうだろうと繰り返した。

「ハコ、こっちに戻ってたんだね。全然知らなかったよ」

依然深刻な安西の顔に下世話な色が付いた。物言いたげに口元が動いた。探るようなまなざしを受け、青砥は顎を上げた。

「おれは知ってた」

安西は目を下げた。フォークで人参しりしりをつつく。

「知ってたよ、おれは」

青砥は肩を引き、両の貝殻骨をくっつけた。そうすれば自然と胸が押し出され、姿勢がよくなる。「胸を張れよ、青砥」と須藤が言った。「簡単だよ。貝殻骨をくっつければいいんだ」と細い首をかしげて。

「そうなんだ」

安西が小声で応じ、目を上げた。

「なんかごめん」

すべてを知っていますという顔で、頭を下げた。

「ほんと、なんかごめん」

骨の髄までオバちゃんでさ、なんなのこのミーハー精神！　とおでこを叩くのを見て、青砥は自分が酷い顔をしていると知った。ゆっくりと腕が持ち上がり、指先が頬に届く。指の冷たさで反射的に手を下げた。

「意味分かんねえ」

言い捨て、自転車を飛ばした。ささいな理由を見つけては須藤のアパートに通った自転車が、駅前の花屋を目指したのだった。

「お好きだった花とか」

独り言のように店員がつぶやく。

べったりと黒い髪に手をやり、次にかける言葉を探しているようすだ。

青砥も探した。硬いものをよく嚙んで柔らかくするように、「須藤　花」で記憶を探る。黄色い花束が浮かんだ。パートを辞めるときに仲間からもらったものだ。ひと抱えの大きさがあった。それを立派な花瓶に挿れていた。小ぶりのヒマワリをちょんとつつき、須藤は「花なんて久しぶりだ」と言った。

次に草が浮かんだ。ハーブの一種だそうだが雑草にしか見えなかった。名前は忘れた。

その草とニンニクと鷹の爪を浸したオリーブオイルを須藤はたいそう気に入っていて、なんでもそれで焼いていた。

草は自給自足していた。ちょっぴりしか使わず余った草を、水に挿して発根させ、アパートの隣の駐車場に植えていったらしかった。

舗装されていない駐車場だった。車が八台駐められて、鉄パイプで四角く囲ってある。須藤が目をつけたのは輪留めの後ろの細長いスペースだった。

鉢植えに移植し、手元で育てればいいものを、須藤はそうしなかった。

「家のなかに土があるとゴキブリ出やすいっていうし」

襟足をさすりながら、あくびをするように理由を告げた。

「あそこの駐車場のあのあたりをわたしの領土としたんだ」

襟足から手を離して言った。いいこと思いついたでしょう、という顔だった。

「わたしの菜園だ」

腕組みをして、大きな目をくるりと動かした。左の泣きぼくろも一緒に動いた。

草は鉄パイプに沿って一列に植えてあった。一度、案内されたことがある。花が咲いているものもあった。薄紫のちいさな花だった。野蛮なほど純真な香りがした。

須藤の菜園は、須藤のアパートからよく見えた。

青砥は二階のベランダの窓を開け、菜園を見下ろす須藤を見かけたことがある。駅前で同僚と飲み、自転車で帰る途中だった。深夜だった。「須藤、もう寝たかな」と須藤のアパートを振り返ったら、三階建てのアパートの二階の角部屋に灯りがついていた。自転車を停め、見上げたら、ベランダの窓が開き、須藤が顔を覗かせた。須藤の表情は、その夜の月に似ていた。ぽっかりと浮かんでいるようだった。清い光を放っていた。

「おまえ、あのとき、なに考えてたの？」

後日、青砥は須藤に訊ねた。少し間を置き、須藤が答えた。

「夢みたいなことだよ」

須藤は自分自身をもてなすように微笑し、繰り返した。

「夢みたいなことをね。ちょっと」

二「ちょうどよくしあわせなんだ」

病院だった。昼過ぎだった。青砥は腹がすいていた。そういうことにしたかった。

胃の内視鏡検査を先ほど終えた。胸やけがひどく、げっぷが頻繁に起こるので受診したら、念のため日を改めて調べてみましょうとなったのだった。

医師の口にした「念のため」にさまざまな解釈をくわえ、悲観的な想像をふくらませたあげく、いや、単に大事をとっただけ、向こうはそれが商売なんだし、なんでもない、なんでもない、と布団をひっかぶるようにして臨んだ検査だった。

だが、結果は生検。ちょっと気になる腫瘍（しゅよう）、まぁつまりおできのようなものがあったので、採取しました、念のため病理検査に出します、とのこと。また「念のため」だ。

そもそも病院嫌いの青砥がふと受診する気になったのも「念のため」だった。

五十に届き、時折、からだの不調が大写しで感じられるようになった。いままでなら寝てりゃ治るとしていたのだが、そして実際、いつもすみやかに消えていた症状が、青砥のからだに居座るケースが増えてきた。締まりのわるい蛇口からポタポタ滴るしずくのように、居座った不調が青砥のなかで少しずつカサを増している気がしてならない。

「念のためってやつ」と自分自身を安心させ、「おれも進んで病院行くようになったか」と苦く笑い、納豆のネバネバみたいな気がかりを潰そうとしたのだった。が、そこからの「念のため」二連発だ。検査二連発。一発目でさえおっかなかったのに、二発目のはどう考えてもそれよりおおごとだ。最初の受診が「虫の知らせ」によるものと思えてくる。ふと病院に行こうと思ったこと。近所の個人病院ではなく、わざわざ休みを取って総合病院に出向いたこと。

腹はすいているはずだ。前の晩から食べていない。なのに青砥は空腹かどうか分からなかった。なかなかのビビりっぷりだな、と自分自身に茶々を入れても、ため息しか出てこない。息を吐くと、ついさっきモニターで見た胃のかたちがよみがえった。

かすかにかぶりを振った。すきっ腹と寝不足がいちばんだめだ。悪いことしか考えられなくなる。まず腹になにか入れようと売店に向かった。

場所は知っていた。検査前の待ち時間、落ち着かなくて、探検と称し、院内をほっつき歩いた。畳一枚ほどの大きさのテーブルとソファの置いてあるコーナーがあり、そこで患者たちが飲食しているのも頭に入っていた。患者たちはおにぎりや菓子パンを静かに口に運び、お茶や牛乳を静かに飲んでいた。おれなら助六だな、と、そのとき、青砥はそう思った。いなり寿司だけでもいい。そういやしばらく喰ってないな、と母を思い、父を思い出した。

狭い売店だった。入口にドアがない。コの字の壁一面にごちゃごちゃと商品が陳列されていた。弁当類の棚で一個だけ残っていた助六（小）を手に取り、菓子パンコーナーに戻って選んだランチパックのハム&マヨネーズをその上に載せ、いまどき珍しい引き違い戸の冷ケースからボトル缶コーヒーのブラックを取り出し、会計を待つ列についた。列はレジの数と同じ二列だった。青砥が並んだのは右のレジのほう。

午後一時少し前だった。狭い売店は混んでいた。患者や職員が弁当やペットボトルを持ち、順番を待っていた。青砥の前にいたのは、看護師だった。若い女性のふたり連れで、ひとりは痩せ型、もうひとりは巨漢といっていいからだつきだった。ケラケラと笑いながら互いの肩を小突きあっている。

ふたりとも上衣にズボンを合わせていた。上下白だが、「かんごふさん」でイメージされるワンピースではない。ナースキャップもつけていないと気づき、青砥はゆっくりと驚いた。

六年前、父を見送ったときはどうだったか記憶を探ったのだが、思い出せなかった。無理もない。健康のためと日課にしていたウォーキング中に倒れた父は、たまたまその場に居合わせた主婦が呼んでくれた救急車で病院に運ばれた。青砥と母に連絡が入り、病院に駆けつけたときには冷たくなっていた。

父はいなり寿司が好きだった。青砥も好きで、だから、母はよくつくった。母は「ほんとにまあ、お父さんと健将は。五十個つくってもすぐなくなる」とホオズキを逆さにしたような下ぶくれの顔をほころばせ、大げさに呆れてみせた。それは青砥が高校生のころで、父も母もいまの青砥より若かった。豊かだった頬がしぼみ、皺が増えていくにつれ、母は大儀がっていなり寿司をつくらなくなった。知らないうちについていた手の傷に酢飯がしみるとか、出来合いで美味しいのがいくらでもあるでしょと言い訳した。一昨年、施設に入ってもらった。卒中の後遺症で、あちこちガタがきたのだ。認知症も進んだ。

前に並んでいた看護師ふたり連れに会計の順番が回ってきた。

「やっぱりこれも」

痩せ型がレジ前に置かれた麻雀牌ほどの大きさのチョコレートをひとつ摑み、追加した。

「あたしも」

巨漢も後方から手を伸ばした。

「あ、やっぱり？」

レジ係の女性が混ぜっ返した。え。青砥は女性に目を向けた。いい声だった。滑舌はいいのだが、柔らかみがある。女にしてはやや低く、頭のよさが感じられる。

女性は麻雀牌チョコレートをスキャンし、「今日は甘いものよすのかなと思ってた」と痩せ型に手渡した。うふふ、と痩せ型がポケットにチョコレートをしまう。弁当と飲み物の入ったレジ袋はすでに持っていた。

「本日も炭水化物祭りですよ」

巨漢がレジ係の女性に話しかけた。

「体力使う仕事ですからね」

カップ麺、つづいておにぎり二個をスキャンしながら女性が応じた。小柄で華奢（きゃしゃ）でおかっぱ頭をしているせいで若々しくは見えるのだが、若くなかった。彼女だけでなく、左のレジに立つ女性も中年だった。

「看護師なんて肉体労働ですもん。この人、こんなんでよく保（も）つなとか思う」

巨漢が痩せ型のレジ袋を指差すと、「そっちが食べすぎなんだよ」と痩せ型が言い返し、レジ係の女性が「たしかに」と乗っかり、三人で笑い声を立てた。笑い声が落ち着くか落ち着かないかのところで、ふたり連れが「じゃ、また」とめいめいのレジ袋をちょっと掲げてみせ、レジ係の女性が、「ありがとうございました」と軽く頭を下げた。

女性は手を振りたそうな顔をしていた。彼女がもし看護師ふたり連れと同じような年齢で、なおかつ仕事中ということを意識しないタイプだったら、手を振っていたかもしれない。いや。青砥はすぐに訂正した。別れぎわに大きく手を振るのが苦手なんじゃないかな。別れぎわだけでなく、懐しいだれかと会ったときでも、声をあげたりしないんじゃないか。なんでか、なんか、そんな気がする、とレジに進んだ青砥に向けられた彼女の顔にはまだ笑みが残っていた。ゆるく開けた口元から小粒の歯が覗いた。

「いらっしゃいませ」

視線を下げると同時に口を閉じた。短めのおかっぱの横の毛を耳にかけていたので、うつむくと髪が垂れ、幾筋か耳にかぶさった。

「二百八十五円、百四十五円、百四十四円」

つぶやきながら、青砥がレジ台に置いた商品をスキャンしていく。

なるほど。青砥は腹のなかでうなずいた。彼女の値段の読み上げが、手作業をするさいに自然と出てくる独り言に聞こえた。母もそんな独り言をよくつぶやいていた。女性に多い気がしていたが、青砥自身もたまにブツブツ言うようだった。「それが出たら完全にオバちゃん」と職場のパートさんをからかうと「自分だって！」と反撃される。

けっこうトシくってんな、おれと同じくらいか、と目の前のレジ係の女性を見ていた。首が、はてなのかしげ方になっていく。っていうか、こいつ。

「六百十九円です」

顔を上げたレジ係の女性と目が合った。左の泣きぼくろ。小柄で、華奢で、短めのおかっぱの横の毛を耳にかけて。

「あれ？　須藤？」

レジ係の女性は首から提げた名札をちらっと見て、うなずいた。いかにも、というようだった。いかにもわたしは須藤だが、それがなにか。

「青砥だよ、青砥」

胸元を指し、顔を突き出した。ほら、面影あんだろ、というふうに伸びた前髪を掻き上げ、少々肉はついたものの未だ細めの顔を見せた。青砥の顔はほころんでいた。愉快だった。青砥の声かけにより須藤の顔があっというまに昔に戻った。青砥の頭のなかから、ちびっこくて痩せっぽちのくせに、まっすぐ前を見て、ゆうゆうと廊下を歩く、中学生だった須藤のすがたが浮かび上がった。

「なんだ、青砥か」

須藤はちいさな顎を少し上げ、不敵というか、満足げというか、堂々たるというか、そんな笑みを浮かべた。そうだ、それだ。青砥の知っている、須藤の、いつもの、笑い顔だ。

「久しぶりだな。なに？　ここで働いてんの？」

「見りゃ分かるよね」

須藤は耳の水を抜くように首を横に倒し、商品を入れたレジ袋の持ち手を縒り合わせるようにした。

「六百十九円です」

「変わってねーな、おい」

耳介に指を引っかけて弾いてから、財布から千円札を出した。と、左右のレジの間に大柄な女性が入って来た。「おはようございまーす」とだれにともなく声をかけながら、奥のタイムレコーダーにカードを差した。つづいてやってきた女性を振り返り、「ナントカさんのぶんも押しとくねー」と別のカードを差した。須藤の傍らに立ち、台に載せてあったレジ袋に手を添え、青砥に差し出す準備をする。

「ウミちゃん」

釣り銭を渡しながら、須藤が傍らの女性を目で指した。「青砥」と傍らの女性にも教える。

「えー、青砥くん？」

傍らの女性が目を見ひらいた。まぶたが厚いせいで、それほど大きくひらかなかった。

「お見舞い？」

その目のまま、ちょっとはしゃいだ声で訊いてくる。

「いや、患者」

短く答え、思い出した。ウミウシ似のウミちゃんだ。須藤同様、青砥とは中学校での三年間、同じクラスだった。つまり、かつての同級生三人が顔を合わせたというわけだった。二〇一六年七月十四日木曜。地元とはいえ、さすがにこれは珍しい。

「クラス会かよ。しかも病院で」

青砥が笑ったら、ウミちゃんが「こないだも同じようなことあったよ。クラス会じゃないけど。ほら、数学の田中(たなか)先生。奥さんが入院してね。あと、去年はさ」と話し出した。

「ない話じゃないってこと」

須藤はウミちゃんからレジ袋をさらい、青砥に渡した。

「ありがとうございました」

お大事に、と付け足し、頭を下げる。

青砥も頭を下げた。

「んじゃまた。二週間後」

片手をあげた。再来週、生検の結果を聞きに来院する。結果次第では入院となるかもしれない。そしたら毎日クラス会だ、と独り笑いを浮かべ、踵を返した。

後ろから須藤とウミちゃんの会話が聞こえた。

「ハコ、もう時間過ぎてる」とウミちゃん。「ほんとだ」と須藤。そうだった。須藤葉子は女子のあいだでハコと呼ばれていた。で、ウミちゃんの本名はなんだったっけ、とほんの少し思い出そうとしてがんばってみたのだが、「ウミちゃん」のイメージが強すぎて本名が出てこず、まいっか別に、と放り出したら知らない場所に立っていた。総合病院のつくりは迷路のようだ。

飲食コーナーを探そうか、それとももう帰ろうか、はっきりと決めず、いま来た道を勘で戻ったら、売店に着いた。

入口脇に積んだ飲料ケースの前に須藤がいた。同僚もいた。背中だったが、左のレジを担当していた女性だろう。節電により、やや薄暗い廊下で、ふたりはなにやら話しながら、たたんだエプロンをトートバッグにしまい、そのトートバッグを肘にかけ、腕組みをした。ひとりが話すと、ひとりがうん、うんとうなずいた。ふたり同時に首をすくめ、噴き出した、と思ったら、須藤が青砥に気づいた。「あ」という顔をしている。つられて振り向いた同僚が中途半端な顔つきで青砥に会釈し、須藤と挨拶らしきものを交わしてその場を離れた。

あらためて須藤が青砥に目を投げた。犬の鼻みたいな黒い目に表情がついていた。返す青砥の目にも表情がついた。青砥は思い出していた。須藤もたぶん、同じはずだ。ふたりの思い出はひとつきりだ。

中学三年の梅雨の終わりごろだった。

江口（えぐち）が須藤に交際を申し込んだ。

江口は青砥の友だちで、森（もり）と後藤（ごとう）をくわえた四人でよくあそんでいた。大抵、青砥の家に集まって、スナック菓子をつまみに麦茶を飲みながら、だらだらと喋（しゃべ）った。青砥はベッドに寝転び、江口はベッドに腰かけ、森がカーペットに腰を下ろしてベッドに寄りかかり、後藤が学習椅子に座るというのがいつものポジションで、江口が須藤への思いを吐露したときもそうだった。聞いた三人はなぜか大爆笑し、口々に「須藤か！」「須藤だって！」とひとしきり騒いだ。おさまりかけたところで、だれかが「しかし、地味なとこいったな」と感想を漏らし、腹が痛くなるほど笑った。

青砥ら四人は校内でわりあい人気のあるほうだった。学力、運動神経、容姿、どれも飛び抜けて優れていたわけではない。いずれも人並みの範疇に入るのだが、「人並み」のなかに置くと、少しだけようすがよかった。四人とも背丈に比して手足が長く、頭部がちいさく、よくよく見るとすっきりと整った顔立ちをしていた。

なにより女子に受けたのは、四人の明るさだった。クラスはばらばらになってしまったけれど下校時はいつも一緒で、教室の前の廊下から下駄箱までテンポのいい会話をしながら軽やかな足取りで歩く四人は、すごく仲がよさそうで、「バイバイ」と声をかけるためだけに廊下や階段や下駄箱で待つ何人かの女子なんかちっとも意識してなさそうで、そこがまたいいよね、と囁かれていた。

実際、青砥ら四人は特定の女子と付き合うきもちがなかった。憧れはあったものの、現実感が持てなかった。四人でその場しのぎのようなやり取りを数珠つなぎにしていったり、恥ずかしそうに「バイバイ」と声をかける女子に「バイ!」と片手をあげて応えたりするのがたいへん楽しく、それであらかた満足していた。

「いや、だって、須藤ってちょっと浜田朱里に似てない?」

江口が口を尖らせた。思いびとを地味の一言で片付けられ、面白いわけがない。

「浜田朱里ねぇ」

三人が首をひねった。浜田朱里は四月から「レッツゴーヤング」のレギュラーになったアイドルで、梅雨のなかごろ、デビューした。

「髪型は似てんな」とだれかが言ったが、後につづく者はなかった。沈黙が広がり、江口が「なんか言えぇ」と催促したら、たしか後藤だったと思うのだが、口をひらいた。

「須藤ってさ、なんかこう、肝っ玉母さんって感じすんだよね」

「なんだそれ」

江口はよほど意表を突かれたらしく、素っ頓狂な声を出した。「あー分かる、すげぇ分かる」と賛同の声があがり、「ぜんぜんちがうって。もう、ぜんっぜん」とベッドを拳で叩いた。

「須藤、太ってないし。逆だし」

江口の言い分はもっともだった。そして、この発言で、青砥は、自分の意見をまとめることができた。こころのなかで、須藤はなんか太いんだよな、とつぶやくと、しっくりする。

須藤から受ける「感じ」に言葉をあてはめるとすれば「太い」だった。体型や顔立ちではなく、須藤は、なんだか、太かった。押しても引いてもびくともせず、ひたすら相撲道を追求する名横綱が、小柄なからだのなかに潜んでいそうだ。だれかがどんなに面白いことを言っても、唇を横に引っ張る笑い方しかしない。

「もういい。決めた。おれ、告白するわ」

江口の宣言にたいする三人の反応は生ぬるかった。江口がどうこうではなく、須藤と男女交際がどうしても結びつかないのだった。三人は「んー、どうでしょう」と首をかしげたり、「ダメでもともとだしね」としきりにうなずいたりしたのち、「まーがんばれ」と薄ら笑いで励ました。江口が「ひと泡吹かせてやる」みたいなことを言った。

案の定、不首尾に終わった。

理科準備室に須藤を呼び出すのには成功し、「友だちからでいいので付き合ってください」と男らしく単刀直入に申し入れた江口だったが、須藤の返事は「いやです」だったらしい。「どうしてもですか？」と食い下がった江口の目を見て、須藤は「どうしてもです」ときっぱり答えたという。

一礼し、理科準備室をあとにしようとした須藤は入口で振り返った。大きな声で「あの」と言った。机のへりに尻をつけ、うなだれていた江口が思わず「ハイ」とよい返事をしたら、「江口くんだからじゃないです。江口くんだけでもなくて、わたしは、いま、だれともいやなので」と明瞭な発音で告げたらしい。

青砥が須藤に告白したのは、それから少ししてからだった。

三人には打ち明けなかった。なぜ告白しようと思ったのか、上手に説明できそうになかった。

江口の報告を聞いたとき、青砥の胸の一点が痛くなった。思い返すと、疼くのだった。江口に告げた須藤の最後の言葉を思い返すのは、たちの悪い虫に刺された赤いポッチを掻くようなものだった。日に日にふくらんでいった。痛痒さが増した。虫刺されなら、青砥の場合、コンパスの針で突き刺し、汁をすっかり出そうとする。須藤に告白しようとしたのは、青砥なりの荒療治だったのかもしれない。

昼休みの終盤、ひとりでトイレに立った須藤のあとを追った。用をすませた須藤に「ちょっと」と声をかけ、職員玄関近くの階段の下に連れて行った。意外だったのは、須藤がおとなしくついてきたことだった。ただし「ああ、そう」という雰囲気はただよわせていた。ときどき振り返って確認したら、いつものように前をまっすぐ見て、グーにした両手を振って歩いていた。

「友だちからでいいので付き合ってください」

定番の告白文を、青砥は生まれて初めて口にした。須藤は口を少し開けてから閉じ、唾を飲み込んだ。鼻から息を吸い、言った。

「いやです」

「それは絶対的なやつ?」

「そういうやつ」

いまは、と須藤は背筋を伸ばした。犬の鼻みたいな湿った黒い目をしていた。泣きぼくろがかすかに動いた。

「青砥くんだからじゃないよ。青砥くんだけでもなくて、わたしは、いま、だれとも」

須藤の言葉を耳に入れながら、青砥は回り込むようにして近づいた。

「だれともいやなので」

ちょっと腰をかがめて、顔を近づけていった。押さえつけたわけでもないのに、須藤は逃げなかった。まんまるくひらいた目を震わせ、顎を引くのを視界に入れながら、青砥は須藤の頬に自分の頬をあてた。手はズボンのポケットに入れたままだった。須藤の両手もグーのままだったと思う。

「なんで？」

すぐに頬を離し、後ずさった青砥に須藤が訊いた。

「分かんねー」

ぜんぜん、分かんねー、と青砥は両手で顔を覆（おお）った。「たーっ」と変なうめき声が出て、しゃがみ込んだ。昼休み終了のチャイムが鳴り、「チャイム鳴った」と須藤が言った。

「知ってる」

青砥は追い払う手つきをし、須藤は無言でその場を離れた。

遅れて教室に戻った青砥は英語の教諭に熱があるようだから保健室に行くよう言われた。保健室で熱を測ったら、発熱していた。白いベッドに横になり、やっぱり、須藤は太いな、と思った。接近してからの須藤のようすは見る余裕がなかったから知らないが、おそらく平然としていたはずだ。

寝返りを打った。江口から須藤の最後に告げた言葉を聞いたとき、おれは須藤の太さのほころびに触った気がしたんだと、あわく発見した。だからなんだよ、とまた寝返りを打ち、一生の不覚というようなことを思い、そういや須藤とちゃんと話したの初めてだな、と思い、あれがちゃんとかと突っ込み、須藤と話すのはこれが最初で最後だと思われ、そしたらなんだかとんでもないしくじりをしでかした感覚に襲われ、先生に告げ口されたらどうしようと不安になり、いや、須藤はそんなやつじゃないと思い直し、ため息をつき、深いため息をつこうとしたのに浅い呼吸しかできず、なんでおれあんなことやっちゃったんだろう、と後悔し、一生の不覚だと再度思うという具合に、こころが乱れた。

須藤の案内で、五分、歩いた。公園に着いた。ぐるりに大きく育った木があって、強い日差しが遮(さえぎ)られた。蝉(せみ)が鳴いていた。鳴き声で耳のなかがいっぱいになった。生え際に汗の玉が浮き上がる感じがする。夏だ。

公園のベンチに並んで腰を下ろした。

青砥は短い割り箸を割り、須藤はチチヤスのミルクコーヒーのプルトップを起こした。

青砥がいなり寿司を口に入れようとしたら、ひと口飲んだ須藤が訊いた。

「検査？」

青砥はいなり寿司を口から離し、うなずいた。「胃」と答え、あむりとやる。あらかた咀嚼し、「実はけっこう衝撃の展開でさ」と目の前の遊具を見た。鉄の棒で出来上がった骨組みだけの飛行機だ。胴体が緑で羽が黄色。

「ほう」

「おでき的なモノが発見されてね。どうもいいヤツと言い切れないみたいで。かといって悪いモノとの断定もまだされず」

「生検の結果待ちってことか」

青砥は須藤の横顔を見た。須藤も骨組み飛行機を見ていた。

「理解、早いな」

「結果出るまで落ち着かないよね」

「あ、おれ、まだそこまでいってないかもしれない」

「どこにいるんだよ」

須藤も青砥に顔を向けた。口元に力を入れて、笑い出しそうなのをこらえている。

「おれのおできは生検が必要だったんだっていうショックがじわじわきてる最中」

「なるほど」

「だって、つまり、おできの顔つきがよくなかったってことだろ？」

「単純に『念のため』ってこともあるのでは？」

「それ」

青砥は須藤を指差した。「だから、それ」と繰り返す。「どれ？」と須藤。ミルクコーヒーを持った手の親指の爪で鼻の頭を押さえて。

「いまのこの事態に至った理由はとどのつまり全部『念のため』でさ。おれ、もはや、そのフレーズ聞くといやな予感しかないんだよね」

「ああ、そう」

須藤はミルクコーヒーの缶を目の高さに上げた。青砥が二個目のいなり寿司を食べ終えるまで缶を眺め、ボトルに描かれたこどものイラストを青砥に見せた。

「これ、可愛くない？　チー坊っていうんだけど」

「可愛いけど」

「このトシになって、こういうモノの可愛さに目覚めた」

「そうなんだ」

味気ない相槌になったことを取り返すように青砥がつづけた。

「グッズ、集めてるとか？」

「そんなのあるの？」

「知らないけど」

「あるのかと思った」

「あったら集めたいんだ？」

「いや、べつに」と須藤は真顔で首を振り、「そこまで興味ないし」と放り投げるがごとく付言。つづけざまに「仕事終わりに、たまに、可愛いなーって思いながら一本飲むだけ」と言った。

「須藤よ」

青砥はブラックコーヒーのボトルの蓋を開けた。

「それはいま発表することか？　おれの生検の話題を横取りしてまで言いたいことなのか？」

おまえ、さっき、けっこうイイ感じの間をとったから、てっきり、おれの不安を取りのぞくような、刺さる言葉を言ってくれるもんだと思ったわ、とコーヒーを飲んだ。

「それは失礼」

須藤もミルクコーヒーを飲んだ。また缶を青砥に見せ、真面目くさった顔をつくる。

「青砥、これ、実は、甘いんだよ」

「だろうな。『すっきりとした甘さ』って書いてるからな」

青砥も付き合いで眉間に皺を入れた。須藤はわざと話題を逸らそうとしているのかもしれない。

「わたし、ここにきて、甘いものにも目覚めたんだよね」

須藤が声をひそめたので、青砥も「そうか」と声をひそめた。

「仕事が終わって、自販機でガチャコンってミルクコーヒー買って、飲みながら家までぶらぶら歩いて帰るんだ。甘みが喉を通っていって、よそん家の洗濯物や、自分の影や、空の具合や、風の行き先や、可愛いチー坊を眺めると、ちょうどよくしあわせなんだ」

ふむ、と青砥はコーヒーのボトルを脇に置いた。

公園を見渡してみる。幼児がブランコを漕いでいた。そのそばで同じ歳格好のがふたり、順番待ちをしている。少し離れて母親がいて、蝉の声がして、道路工事の騒音が遠くから響いて、時々弱い風が吹く。そんななか、須藤のどうでもいい話を聞き、弁当を食べている。

「おれも、まぁ、そんなような感じっちゃ感じだ、いま」

気がかりは山ほどあるけど、と付けくわえ、コーヒーのボトルを手に取った。

「それはよかった」

須藤が青砥の肩をドンと叩いた。持っていたコーヒーがこぼれそうになり、思わず前傾した青砥に言う。

「わたしもよかった」

胸をかきまぜるような身振りをして、「おかげさまで少し、気が晴れたよ」と黒目を青砥のほうにスッと滑らせた。

「あられもなくウジウジする青砥のおかげで、なんかこう」

「どういうことだ?」

言葉を遮られたにもかかわらず、須藤は口を閉じたまま目元をゆるめた。

「どうというわけではないよ」

どうというわけではないんだ、と指先を唇に持っていった。爪を噛みたそうな仕草だった。

「家に帰って用事を足してるうちにチー坊効果が薄れていって、ときどき『ちょうどよくしあわせだ』と感じた自分が実におめでたい人物だと思えてくることがあってね。布団に入るころには、もしやり直せるとしたら何歳に戻りたいかとかさ、そこそこ本気で考えちゃうんだ。空想であそぶ時間は愉しくないこともないけど、なんだろうなあ、いま抱えてるちょっとした煩わしさが寄り集まって、雨雲みたいに広がって、湿気ったきもちになったりするんだよ」

タバコをふかすような呼吸をして、青砥に顔を向けた。覗き込むように、ゆっくりと首をかしげていく。

「でも、青砥を元気づけようとしたら、たいへん健全なきもちになった」

ありがとう、と首を戻した。「こちらこそ」。反射的に返し、青砥は膝の上のランチパックと海苔巻きに目を落とした。須藤の声が耳に届く。

「青砥」

「んー？」

「景気づけ合いっこしない？」

青砥は目を上げ、須藤を指差し、次に自分を指差した。

「ふたりでか？」

須藤は浅くうなずいた。左手を右の脇の下に挟み、ミルクコーヒーを飲む。やや首を傾け、青砥の目を見た。ゆっくりと話し出す。

「どうってことない話をして、そのとき、その場しのぎでも『ちょうどよくしあわせ』になって、おたがいの屈託をこっそり逃すやつ。毎日会うんじゃなくて、各自の屈託がパンパンになりそうになったら連絡を取って、『やーやーどーもどーも』って寄り合って、『イヤ、しかしなんだねぇ』みたいな感じで無駄話をする会を結成したいのだけれども」

どうかな、と顎を上げた。話しているあいだ、須藤の表情は動かなかった。いまも動かない。「これもなにかの縁だし」とか「ちょっと思いついただけだから」と髪を手ぐしで梳(と)かしている。熱心そうではなかった。むしろ面倒くさげだった。話している途中で飽きたような、青砥が断るのを少し期待するような、そんな気配がただよっていた。目には動きがあった。信玄餅(しんげんもち)みたいに柔らかに揺れていた。きな粉がほろほろ落ちてくるようで、その粉を青砥は須藤の本心がこぼれたものと見た。須藤は、たぶん、ほんとはもっとやさしいことをやさしく言えたらいいのに、と自分自身を歯がゆく思っている。きっとそうだ。

「いいね」

短く応じた。「いーんじゃないのぉ」と海苔巻きを口に入れる。「互助会的なね」と独白し、弁当を脇に置いた。尻を半分浮き上がらせ、ポケットから携帯を取り出す。見ると須藤もトートバッグから携帯を出していた。ＬＩＮＥのアイコンを押すと、須藤もそうした。

青砥が操作していたら、「えーっと」と声を漏らした。

「次、どうやるんだったっけ?」

「振るんだよ」

「振る前にどうするんだったか訊いてる」

「下のひとのかたちのトコを押してだな、それから上のプラスのトコを押して」

青砥の説明の途中で須藤は「あーそうだった、そうだった」と明るく笑い、「お手間取らせました」と頭を下げた。

三「話しておきたい相手として、青砥はもってこいだ」

一回目の「互助会」が催されたのは二日後の土曜だった。

須藤と再会したその日のＬＩＮＥのやりとりで決まった。持ちかけたのは青砥だった。懐かしい、ワケありの元同級生と偶然出会えて生じた、ちょっとわくわくする感じ、が携帯を操作する青砥のなかでひらいていって、メッセージを送る指先がはしゃいだのだった。生検の結果待ちという、代わり映えのしない毎日にひびを入れた出来事と重なったせいもある。なぜか日常の間を埋めたくなり、気が急(せ)いた。

それでも緊張はあった。「土曜日とか、どう？」と打ち込むさいには「明日とか、どう？」なら早過ぎだと思ったし、土曜でも早いと返されたら「だよねー」と「笑」う用意もさりげなくしていた。「笑」ったあとは、おやすみの挨拶をして引き下がるつもりだった。

そうなったら、須藤の提案した「互助会」はいわゆる大人の口約束になるだろうと予想していた。一瞬盛り上がったものの実行されずに終わる魅力的な企画は、いままで掃いて捨てるほどあった。フットサルのチームをつくろうとか、三年後の正月にハワイに行こうとか。そんな大掛かりなものでなくても、たとえばバーベキューの企画は職場内で毎夏立案され、毎夏立ち消えになる。

おそらく今回もそのパターンになる可能性大、と青砥は胸のなかの「よくあること」の箱の蓋をあらかじめ開け、いつでもそこに捨てられるようにした。まぁでも一瞬でも愉しかったからいいや、と思っておくのも忘れなかったのだが、須藤の「ＯＫＡＹ！」と書かれた旗をウサギが掲げるスタンプを見て、「ほらな」と口が動いた。なにが「ほらな」なのか分からない。だが、すごく「ほらな」の気分だった。ほらな。須藤はそういうやつなんだ。

駅前の焼き鳥屋で七時半の約束だった。

青砥は勤め先から自転車で直行した。南口の駐輪場に駐め、少し歩いた。店のガラス戸を引くと、いらっしゃいませ、いらっしゃいませ、と若い店員が口々に威勢よく出迎えた。そのうちのひとりが配膳する手を止め、客の肩口から首を伸ばし「待ち合わせですか？」と訊く前に、須藤を見つけた。

入口奥の壁側の席で、須藤が軽く手をあげていた。狭い店の空気はぎゅうぎゅう詰めの客の体温や厨房の火で蒸され、烟っていた。なんとなく掻き分けるような仕草をして進み、須藤の前に座った。硬くてちいさな木の椅子だった。

「ごめん、待たせちゃったか？」

「いや、時間前だ。わたしが早く来すぎたんだ」

テーブルに置いた携帯をたしかめ、須藤は足元のカゴに入れたトートバッグにそれをしまった。

「仕事が退けて、チョクできたから」

青砥は「なるほど、チョクの格好だな」と須藤を指差した。「おれもだけど」とメニューを取り、須藤に見せる。

「なに飲む？」

「ビール。青砥の会社もポロシャツが制服なの？」

「おれもビール。おれんとこ、制服、ないんだよ。揃いの上っ張りみたいなのはあるけどな」

青砥は店員に向かって手をあげ、飲み物を注文した。

「でも、まぁ、制服みたいなもん。おれ、一年中、これ着て仕事行ってるから」

家に大量にある、と黒いポロシャツの胸元を引っ張り料理の注文を訊いた。須藤は焼き鳥やつくねや野菜串を迷いなく選び、「わたしも一年中、これ」と白いポロシャツの襟をつまんだ。須藤の白いポロシャツは売店の制服らしい。下は細いジーンズで、二日前と同じ服装だった。青砥の下はベージュのチノパン。これも二日前とまったく同じ。青砥が言う。

「作業着と私服の区別がつかなくなっちゃってさ。いまやどこに行くんでもこれだ」

「ユニクロ？」

「だな。おんなじものばっかり買ってる」

ビールが到着し、食べものの注文をすませ、乾杯したあとも洋服の話がつづいた。アイドリングのような会話だった。

つまり、まだ走っていなかった。

というより、走り出そうと待機していたのかどうかも、このときの青砥には判然としなかった。もし走り出したとしても行き先は不明だった。行き先ごとにルートが延び、それぞれの経路にすごろくみたいなチェックポイントがあるような気がするのだが、そのどれもに濃い霧がかかっていた。

もとより青砥に須藤とどこかに向かって走り出す意思はなかった。須藤の芯にふれたいとは思った。三十五年ぶりに会った須藤は相変わらずどことなく太かった。山か海でも飲み込んだような風情で、青砥の胸に残っていた赤いポッチを若やかに疼かせた。とはいうものの、この歳にもなれば、万事高を括る気味があり、いかにも須藤は太いのだが、その太さを一般的な中年女のふてぶてしさとそう遠くないものとし、須藤は中学生の時分からその傾向があらわれていただけと片付けようとする部分もあった。

どうも青砥は、中学生だった自分が思っていたほど須藤が稀有な人物ではないと思いたがっているようだった。昔よりも須藤が「見えた」気がしたのだ。たっぷりと世間の水をくぐったはずなのに炊き損じの米みたいな固さを残す須藤に、いくぶんゆうゆうとした態度でもって、可愛らしさを覚えた。

「夏は半パンも穿く。会社には着ていかないけど」

やっぱりユニクロで買ったベージュのチノなどと青砥が話し、須藤は須藤で売店の制服は正確に言うと白の襟付き上衣とスラックスと会社から支給されるエプロンで、だからポロシャツと決まっているわけではなく、ゆえに白のシャツやブラウスもある程度持ってはいるのだが、滅多に職場に着ていかない、なぜなら、それらは「半外出着」で、「半外出着」とは地元での買い物や用足しに着用する衣服のことで、都内に出向くさいは「もうちょっとだけ（身なりに）かまう」と、面白そうに合いの手を入れる青砥に乗せられてつまらなそうに話し終え、「……今日は時間がなかったんだ」と胸元に目を落とした。閉店間際に客が来て、着替えられなかったらしい。

「だいじょーぶだって。逆にスカートとかでこられたらビックリするわ」

「そういうのとは、ちょっとちがうんだけど」

須藤ははっきりと苦笑し、「外食だからねぇ」と小学生の机くらいの大きさの木のテーブルに頬杖をつき、「ちょっと張り切りたいところだ」と肩をすくめた。

「こんな焼き鳥屋でもか？」

「こんな焼き鳥屋でもだ」

ふーん、と青砥はビールジョッキの持ち手を握った。

こどものころ、家族で外食するときは、よそゆきを着せられたものだ。外食は大抵「おでかけ」とセットで、青砥の家での行き先は映画館か遊園地か動物園かデパートだった。どこに出かけても夕食をとるのは家の近所の蕎麦屋と決まっていた。のんべえの父の希望だったのだろう。父は車を家の前に駐め、母と青砥の待つ店内に「いるかい？」というような顔をして入って来た。席につくと家族三人分の注文をし、店主と二言三言交わしてから、左手を軽く曲げて振り、セイコーの腕時計をかちゃかちゃと鳴らした。

父も母も天ざるを好んだ。母は天ぷらを一口かじり、かならず「どうしてこんなに上手にあげられるのかしらねぇ」と感嘆した。日本酒を冷やでやっていた父は、かならず「そらおまえ、商売だから。な、大将」と厨房の店主を振り返った。「やー、でも嬉しいっすよ」と忙しげに手を動かしながら応じた店主は、青砥が二十歳だったか二十一のときだったかに愛人と駆け落ちし、以来、蕎麦屋の木目調の引き戸には「都合によりお休みさせていただきます」の貼り紙が代替わりして貼られているのだが、とにかく。

須藤にはこども時分の「おでかけ」の感覚がまだあるのだろう。仰々しくない程度に気張った格好でやって来たかったにちがいない。こんなに狭っ苦しくって安い焼き鳥屋でも。たとえ相手がおれでも、と腹のなかでつぶやくとスカスカとした笑いが込み上げた。相手、って。まー「相手」は「相手」だけど。

料理が運ばれ、小さなテーブルがいっぱいになってもアイドリングのような会話がつづいた。青砥が二杯目のビールを頼んだとき、話題は互いの仕事に移り、「ちょっと休憩」と須藤がウーロン茶に切り替えたときには職歴に流れた。

須藤が中央病院の売店で働き始めたのは二年前だったようだ。タウンワークに載った求人掲載に応募したという。面接場所は畳一枚ほどの大きさのテーブルとソファの置いてある病院内のコーナーで、時間は外来が終わった夕方。埼玉と東京の一部を統括するエリアマネージャーが面接官だった。須藤の雇い主は、医療用品の製造販売と全国の病院や介護施設内に売店を展開する企業なのだが、売店で働くのはパートのみで、トラブル発生時にマネージャーに指示を仰ぐシステムになっているらしい。

「シフトも自分たちで決めるんだ。これが毎月一大イベントで。お子さんがまだ学校に通ってるひとは土日休みたいし、お姑さんを病院に連れて行く日が決まってる人もいるし、ほとんどみんな主婦だからそのほかにもなんだかんだと予定があるみたいでね。ほぼ予定のないわたしともう一人の出勤が多くなったりする」

須藤は終始ウーロン茶のグラスを指で叩いていた。苛立つというより、もどかしげだった。須藤は、須藤のちいさな世界の話が、他人からすれば退屈なものだと知っているようだった。それでも須藤にとっては生活に密着した重要な世界で、ひととおりの愛着もある。だから、ちょっとはひとに話してみたく、どうせなら正確に伝えたく、結果、思った以上にくわしく説明してしまう自分自身をもてあましているようだった。

深く切った細くてちいさな須藤の爪を見ながら青砥が訊ねる。

「主婦じゃないのはおまえと、あとひとりってこと？」

「ん。でも『あとひとり』にはお孫さんの世話というお役目があるから、わたしほどヒマじゃないんだよね」

「孫のいるひとがいるんだ？」

「いるよー。オバちゃんしかいないからね。わたしが中堅の職場なんてＯＬだったとき以来だよ」

都内の大学を出た須藤は、大手証券会社に勤めていたらしい。三十になる年に結婚退職したものの、四十一になる年に夫に先立たれたとなんでもなさそうに言った。こどもはなかったようだ。努めて軽く相槌を打った青砥に「向こうにお子さんがいたから」と簡潔に応じた。閉じた口をすぐ開けて、問わず語りに語ったところによると、ひとまわり上の夫には先妻とのあいだにこどもがふたりいたそうである。

「その後いろいろありまして、名前を元に戻しまして、地元に舞い戻ったという次第」

「それが二年前？」

須藤は首振り人形のように何度かうなずいた。

「じゃ、いま、実家？」

「まさか。アパート借りてる」

「『まさか』って。おれは、いま、まさに実家住まいなんだが」

須藤は「へー」の横棒を長く伸ばした。息を吐き切り、ちょっと首をかたむけ、視線をめぐらせた。

「ウミちゃんの話じゃ、マンション買って、そこに住んでるって」

なるほど。青砥はウミちゃんを思い浮かべた。八の字眉のウミちゃんはしっとりとしたモチ肌も相まって、固肥りにもかかわらず、ぬるっとした印象をあたえる。のんびり屋さんで、ひとがよく、印象通り、ぬるっと他人と親しくなり、仕入れた情報をぬるっと伝播するスピーカーだ。

「……どうも中学時代のネットワークでのおれ情報はそこで止まってるみたいなんだよな。安西にもそう言われた」

「安西？」

「旧姓、橋本」

「橋本ってあの？」

須藤は「君とイチャイチャ」と小声で歌い出した。安西は中三の文化祭で男子二名といまでいうところのエアバンドを組み、カセットテープに合わせてジューシィ・フルーツの「ジェニーはご機嫌ななめ」を演ったのだった。

「その橋本。いまは安西。こないだからうちの会社でパートやってる」

ああ、そう、というふうに須藤は浅くうなずいた。その前、「君とイチャイチャ」と歌う途中で「あ、そうだった」と思い出したように眉が動いたのを青砥は見逃さなかった。

須藤はウミちゃん情報により、安西が青砥の会社にパートとして働いていることを知っていたと思われる。

さらに上唇を巻き込むようにして口を閉じ、やや神妙な面持ちで青砥の話し出すのを待っているようすから、青砥が、六年前に寡婦となった母の近くで暮らそうと地元に中古マンションを買い、ほどなくして妻子に出て行かれ、三年前、母が卒中で倒れたのをきっかけにして都内の製本会社を辞め、地元の印刷会社に転職したのも先刻ご承知、と察しがついた。一応、本人の口から聞きたいのだろう。

そうか。だから「互助会」なんて言い出したんだ。大病の予感におびえる独り者のおれを不憫に思って、元気づけようとしたんだな、と思いながら、青砥はいまの会社に転職した経緯を手短かに話した。

「一昨年、母親を施設に入れてさ。マンション売ったんだわ。一戸建てがあるのにローン払うのもバカらしいかな、って」

新情報をくわえ、口をつぐんだ。マンションを売ろうか、実家の一戸建てを売ろうか迷ったことを思い出した。まだらにボケて、歩行がままならなくなった母を、住み慣れた我が家から清潔な四角い部屋に移したやり切れなさがマンションを手放すほうを選ばせた。どちらの住まいにもあたたかな思い出がやさしい霊のようにうずくまっていたのだが、マンションにはゾンビもひそんでいて、夜更けや夜明けに居直った女の怒声を響かせたり、ひどく冷たい空気を独り寝のふとんに忍び込ませたりした。

ビールを飲もうとして空っぽだと気づき、店員に三杯目を頼み、須藤に訊ねる。

「まだ食べれるだろ？」

テーブルの上の皿はあらかた空いていた。「育ち盛りじゃあるまいし」と須藤はあわく笑み、

「もうお腹いっぱいだ」とおしぼりをちょっと触った。気だるそうに襟足をさすり、「久しぶりに飲んだ」と肩を上下させて息を吐く。青砥は店の奥のテレビに目を伸ばした。ドラマが映っていた。『時をかける少女』だ。先週観たから知っていた。入店してから二時間ほど経ったようだ。須藤に目を戻し、そろそろおひらきかなと思いつつ、会話を続行した。

「弱いんだな」

「そうでもないよ。時間をかけたらいくらでも飲める」

だらだら飲むのは得意なんだ、と須藤が腕を組んだ。

「ほう」

青砥も腕組みした。

「でも、明日、早いから。通しだし」

売店のシフトは通常、早番・遅番のそれぞれ二名出勤の二交代制だが、総勢五人でやりくりする職場ゆえ、終日勤務のケースがままあるらしい。明日の日曜、須藤は朝七時から夕方四時の閉店までひとりで店番するという。病院内の売店なので、土曜の午後や日曜祝日は客が少なく、ひとり勤務は「わりとよくある」とのこと。

「あ、普段は夜七時閉店だから。日曜だけ四時閉めなんだ」

須藤は急いで補足した。すぐに「まーどうでもいいけど」と言いたげに生え際に手をやった。「ハッ」と青砥がひと息入れ、言う。

「来週の日曜は？　休みじゃないのか？」

須藤は「あ」と口を開けた。青砥の意図をそっくり飲み込んだ顔でニヤリとする。瞳が思案げにチラチラと動いたが、上半身を折り、テーブルの下に潜り込んだので、見えなくなった。足元のカゴからトートバッグを引っ張り上げ、膝に載せ、なかから薄い手帳を取り出しひらいて、

「休みだね」

その前の日は通しだけど、と手帳を閉じたときには、「で？」と青砥の次の言葉を待つ目に変わっていた。

「じゃ、来週の土曜もココな」

青砥が床を指差すと、須藤は顎を引き、力自慢の大男のように指の関節を鳴らす振りをした。

南口の駐輪場までふたりで歩いた。

「オンボロ」

青砥は聞こえよがしに独白し、鍵を外した。ずいぶん前にロヂャースで買った通勤用のママチャリである。「わたし、自転車乗れないんだ」と須藤が言い、「マジでか」と青砥はスタンドを蹴った。ハンドルに手をかけ、駐輪場を出る。須藤の指示で右に折れる。深い時間ではなかったが、アパートまで送るつもりだ。「その先のコンビニを左に曲がって」と須藤が腕を伸ばし、青砥を見上げた。

「車の免許も持ってないんだよね」

「おれはあるよ。あんまり乗ってないけど」

「車、あるんだ？」

「軽だけどな」

空色のタントだった。母の訪問や、買い出しのときに使う。六年前、父の保険金を頭金にして中古マンションのローンを組み、車も購入したのだった。千四百八十万円、当時で築十四年の３ＬＤＫのマンションは駅からもスーパーからも徒歩で行き来するには億劫な距離があり、妻がおおぎょうに不便がった。

コンビニを左折し、少し行くと、二日前に過ごした公園が出現した。二手に分かれた若者がばか笑いしながらサッカーボールを蹴り合っている。ベンチ周りにも数人いて、おのおの携帯を覗き込んでいた。

「ポケモンＧＯ？」

青砥がつぶやいた。そんなゲームがそろそろ配信されるはずだ。数日前、派遣のリリーから聞いた。リリー・フランキーに似ているのでリリーと呼ばれるようになった普段は無口な青年は、「知らないんですか？」と驚き、ピカチュウを肩に乗せた外国人のTwitter投稿写真を見せた。

「あぁ、なんか、みんな騒いでるね。ゲームだったっけ」

須藤は興味がなさそうだった。青砥もゲームにはそれほど関心のないクチだ。

「世界的なブームらしいな」

話の接ぎ穂として口にした。

「そうらしいね。あ、そこ、渡る」

須藤が目の前の広い道路を指した。車の切れ目を待って、渡ると言う。左右に信号があるのだが、須藤のアパートが建つのは、そのちょうど真んなかだった。

車の往来は激しくはなかったが、なかなか途切れなかった。それぞれの車が、それぞれの音を立てて通り過ぎるあいだ、青砥は周辺を見回した。自転車や車で何度も通りかかった界隈だった。青砥の家はここから自転車で十五分。ファミレスにもコンビニにも焼肉屋にも見覚えがあったが、どの店にも入る機会はないだろうと思っていた。須藤の口をひらく気配がする。

「ここを渡って売店に通ってるんだ。すぐに渡れる日もあるし、そうじゃない日もある。運試しとまではいかないけど、毎朝、そんな気分になる」

「おれも。信号で一度も止まらずに会社に行けたら、いいことありそうな気がする」

一拍遅れて応じ、「あと、携帯を見たときに、時計がゾロ目だったときとか」と付け足した。「なんかちょっと嬉しいよね」と返った須藤の言葉といい、絵に描いたような「取り立てて話すことのないときの会話」だった。青砥の口のはたに忍び笑いが浮き上がった。それでもアイドリングの状態がつづいていた。

道路を渡り、須藤のアパートまで来た。

三階建てのアパートには六人の住人がいるらしい。須藤の部屋は二階の角だという。外階段の手すりに手を置き、「じゃ、来週」と上りかけた須藤が、振り向いた。キレのある動作だった。ひと息に言う。

「おととい、わたし、言ったでしょ。『青砥を元気づけようとしたら、たいへん健全なきもちになった』って。あれは青砥の不安をダシにして、いいきもちになったわけではないんだ。困っているだれかの気を引き立てたくて、どうしたらいいのか、自分になにができるのか、つい、ちょっと本気で考えてしまったのが健全だと思ったんだ。きっとなにもできないっていう、よくある早めの諦めとか、だれかの気を引き立たせようとすれば、そのだれかとかかわりを持つことになるっていう面倒くささとか、入ってこなかったんだよ、そのときは」

「おれ、そんなに弱ってたか？」

青砥は腰の重心を移した。須藤も同じ動きをした。

「それほどでもないけど」

「気をつかうなよ」と笑うと、「友情を感じる程度には潮垂れてた」と須藤も笑った。

「友情」

繰り返したら、青砥の頭のなかを梅雨の出来事が過ぎた。中三。職員玄関近くの階段の下。両手をグーにした須藤。頰の感触。実際には覚えていなかったが、よく覚えているような気がしてならない。柔らかだったはずだ。青砥のからだのどこことも似ていなかった。

「須藤」とこもった声が出る。

「夜中に思い出して、うわーって叫びたくなること、ある？」

須藤は答えず、トートバッグをゆっくりとかけ直した。

次の土曜も南口の駐輪場に自転車を駐めた。その日も出勤だった。土曜は隔週で休みなのだが、翌週水曜に振り替えていた。生検の結果を聞きに行くためだった。

通院の日は休日を振り替えていた。休みを取っても、診察を終えたら職場に出た。平日に休むのは気が引けた。なにをするでもなく家でゴロゴロしていると、ずる休みをしている心持ちになる。なにより酒を飲みたくなるのがいけない。明るいうちから飲むのはだめだ。すると日が沈むのをじっと待っているような気がしてきて、それはもっとだめだと思う。仕事をしているほうがずっといい。

軍手をはめ、刷り本を紙揃えし、紙やインクの状態に鼻をきかせ、絵柄に気を配り、トンボに合わせたり微妙にズラしてみたりして一刀目を入れる。断裁の手順は変わらないし、いまの職場で扱うのは似たりよったりの冊子物が多いので決まり切った作業を繰り返しているだけと言えば言えるのだが、実感はことなる。都度、ちがう。いい仕上がりにしたいというのが、きわめて個人的な欲望となり、思い通りにいったときに込み上げる痛快さもまたきわめて個人的な喜びになる。青砥はそれが面白い。ただし、友人には「毎日、やかましく動く機械で切ったり折ったり綴じたりしてるよ。中腰っぽい格好だし、紙ってけっこう重いから、腰にくるわ。まーでも仕事だからさ」と投げ出すように話す。「給料も安いし」と付け足すと、正確な情報をあますところなく提供しているような気がするから、ふしぎだ。

通い慣れたような足取りで焼き鳥屋まで歩いた。その日の約束も七時半で、まだ時間前だった。ガラス戸を引こうとしたら、肩を叩かれた。振り向くと、須藤だった。

「満席なんだって」

「あー、予約しとけばよかったパターンか」

ガラス越しに店のなかを覗いた。店はいっぱいだった。男や女やこどもがいた。目についた、近くのチェーン居酒屋に行ってみたのだが、そこもあいにく満席だった。もう一軒、近場にチェーン居酒屋があり、そこに向かおうとした青砥に須藤が言った。

「うちに来ない？」

須藤の顔を見た。言ってみたまで、というふうだ。

「いや、それはおまえ、アレだろう」

「この歳でも？」

「むしろ逆にアレなんじゃないか？」

「なんで？」

「五十でそのノリはいろいろキツいって」

「『そのノリ』って？」

「家飲み。男女の。しかもサシで。調子こいた学生ならともかく、分別のついた大人がやることじゃないよ」

「分別がついてるなら、べつにいいんじゃない？」

「世間の目があるだろうよ。あと、おれの目。おれは付き合ってもいない女とサシで家飲みするおれを見たくないんだ。おとなしくおままごとあそびをしてるようなおれも、虎視眈々とギラついてるおれも、イケそうだったらイってみますかと余裕ぶっこいてるおれも、想像しただけでイーッてなるわ」

　めんどくさいわ、いまさら、という言葉には笑声が入り込んだ。須藤も口をあははと開けた。

「わたしもだよ。わたしは世間の目すら『めんどくさいわ、いまさら』だけど」

　須藤は揉んだ紙を伸ばすようにして表情を戻し、独りごちた。

「不便だな。いつまでたっても」

と短く息を吐き、「実はね」と青砥と目を合わせた。

「わたしはあんまりお金がないんだ。月に何度も外食するのは厳しいんだよ。このあいだは青砥が多く出してくれた。今日もたぶんそうだと思う。すごく助かるし、きもちよくごちそうにならせてくれて嬉しかった。でも、なんだかちょっと気が引けるんだよ。青砥にも、ちょくちょく外でごはんを食べるということにも」

須藤は首を真っすぐに伸ばし、青砥の目を見ていた。恥を忍んで、というふうではなかった。だからといって恥ずかしげもなく、というのでもない。「ないものはない」とひらき直るふてぶてしさもなく、いじけてもいなさそうだった。泣きぼくろのあたりが少々突っ張って見えるのは、「思っていること」を口に出して相手に伝えるさいに付き物のちょっとした勇気と緊張のあらわれで、つまり、須藤は総じて普通のようすだった。

先週の土曜、焼き鳥屋での会計のシーンを思い出した。板付の会計票を摑んだ青砥の腕を須藤が摑んだ。パッと放し、「わたしのぶんは？」と訊いた。青砥が「カッコつけさせてくれよ」と立ち上がったら、「誘ったのはわたしだし」と財布を出したのですかさず「いや、おれだし」と返すと「元をたどるとわたしし」とがんばるから、「もっと戻ればおれの生検だから」と応酬し、つまり、そこそこ揉めたのち、青砥は須藤に千円札を一枚出させたのだった。

揉めている最中に須藤の放った「だって、よけてるから」という言葉の意味が、いま、ようやく理解できた。売店のパート収入でやりくりしている須藤は、生活費のほかに不意の出費に備え、毎月いくらか「よけて」いるのだろう。銀行の封筒に紙幣を入れる須藤の手つきが見えた気がした。「だって、よけてるから」。あのとき、須藤は顔を横にブンと振った。ちょっと、自慢げだった。

「分かった」

世間の目とおれの目を忍ぶとする、と青砥が折れた。

「ありがとう、青砥」

須藤は物陰から顔を覗かせるような仕草をし、「だらだら飲むには家がいちばんだよね」と顎に揃えた指をあて、オホホの口をしてみせた。

「まー落ち着くっちゃ落ち着くよな」

間合いよく賛同して、思った。須藤はただ腰を据えて飲みたいだけなのかもしれない。時間と金を気にせず飲める方向に持っていきたかっただけの空気を嗅(か)ぎ取り、青砥は少しがっかりした。膝カックンされたみたいだった。もうちょっと含み持たせてもいいんじゃないの、と腹のなかでやんわりと苦情を申し立て、色気ないんだよな、と歯間から息を吸った。お構いなしに須藤が言う。

「自転車はうちのアパートの前に駐めといたほうがいいね」

「駐めるとこあるのか？」

「それらしきスペースはある」

「じゃ、買い物して、駐輪場戻って」と言いかけたら、須藤が「わたしがあそこで買い物してるから、そのあいだに青砥は自転車を取ってくるといいよ」と目と鼻の先のスーパーを指差した。その手を下ろすか下ろさないかのタイミングで、花屋から女性が出てきた。隣のビルの三階のチェーン居酒屋で断られたふたりは、花屋の店先で立ち話をしていた。

「どうも」

須藤が女性に声をかけた。

「どうも」

真っ黒い髪を後ろでひとつに括った女性が挨拶を返し、シャッターを下ろす。「暑いですねぇ」と会釈して、銀行のほうに歩いて行った。

「たまに買うから」

須藤が青砥に説明した。妹の家へあそびに行くときに花を持っていくらしい。三歳ちがいの妹は夫婦でふじみ野に住んでいるそうだ。ふたりのこどもはそれぞれ都内で独り暮らしをしている由。

「仏花だけど」

数年前に亡くなった須藤の父の仏壇が妹宅にあるようだった。

「アサカベーカリーのパンも持ってく」

妹はパンが好きなんだ、と須藤が歩き出し、青砥も「きょうだいがいるっていいよな。おれ、ひとりっこだから、うらやましい」と歩き出した。「そうかもね」と須藤は話題を切り上げ、今夜飲む酒の種類と本数の相談を始めた。

外階段の下に自転車を駐めた。前カゴからふくらんだレジ袋をふたつ取り出す。ひとつ持つと手を伸ばした須藤に「だいじょぶ」と断った。「ありがと」と須藤は外階段の手すりを摑み、駆け足で上った。

スーパーからここまで自転車を押して来た。「乗るか?」と青砥が迷ったすえ訊いたら、須藤は「やー、それはあまりにも青春だし」と眉毛を掻いた。以降、道中の会話。

「自転車のふたり乗りって、なん歳くらいまでオッケーなんだろうね」

「二十一、二? もっとかな。新婚のアラサーでもイケそうな気がする」

「ディズニーはどうかな。デート的な意味で」

「けっこう大丈夫なんじゃないの? おれの知り合いの四十いくつのやつらが初めてのデ

ートで行ってたから。『そのトシでディズニーなんだ？』ってからかったら『逆に、じゃあ、どこ行くんですか』ってほんのりキレられたわ」

「んーやっぱり若いうちにどっちもやっておきたかったよ」

地味だったなぁ、と本格的に暗くなった空を仰ぐ須藤に青砥が言った。

「いっそヨボヨボになれば、気にならなくなるんじゃないかな。『カワイイ』って受け入れられる条件が整うっていうかさ」

「チャーミーグリーン幻想か。ただし小ぎれいな老人にかぎる、だね」

「だな」と相槌を打ったものの、青砥は自分がどんな老人になっていくのかうまく想像できなかった。

片付け物をしていると昔の写真が出てくることがある。写真のなかの自分の若さにぎょっとする。そんなに前じゃなくても、たとえば、二月におこなった父の七回忌の法要での写真を見ても同じだった。写真のなかの自分は、いまの自分より若かった。このまま知らずに老けていき、立派なじいさんになったとき、気づいていないのは自分だけという事態になるかもしれない、とうっすらと思った。

そんなばかげた話はないだろうが、と青砥が須藤に話し、「ない話じゃなさそうなところがホラーだね」と須藤が受け取ったあたりで須藤のアパートに着いたのだった。

外階段を上ると、須藤がドアを開けて待っていた。

コンクリートの三和土(たたき)に立つと、部屋のつくりが見通せた。床材を張った台所に二間の和室だ。仕切りの引き戸は開け放たれていて、奥のベランダ窓まで真っすぐ見えた。

須藤の指示により、青砥は衣装ケースほどの面積の三和土で靴を脱ぎ、花見で使うブルーシートより狭い台所を抜け、第一の和室にレジ袋を置いた。

押入れの向かい側に冷蔵庫とレンジ台兼食器棚と四段の物入れが据えてあった。色はどれも白で、どれも小型だった。「コジマ、ニトリ、通販」と須藤はそれぞれの購入先を言い、ツードアの冷蔵庫に発泡酒と焼酎と炭酸水とウーロン茶を押し込んだ。仕切りの引き戸に寄せてあったちいさな長方形の白いテーブルを部屋の中央に移す。オリーブグリーンの座布団も移動させたら、第二の和室に行き、そこからも座布団を持ってきて、テーブルの対面に両手で置いた。トントン、と二回叩く。ここに座れ、ということだろう。

「おう」と青砥があぐらをかくと、ラジオをつけた。白いラジカセは四段物入れの上にあった。野球中継が聴こえ、須藤が「青砥、野球、好き?」と訊く。「嫌いじゃないよ。好きってほどでもないけど」と答えたら、「わたしも」と同調したが、局は変えなかった。

台所で手を洗ったら、第一の和室に戻った。レジ袋や冷蔵庫から食材や惣菜を取り出し、台所でごそごそやって、また第一の和室に戻り、食器を取って台所に行ってごそごそ、というのを繰り返した。

青砥は押入れの引き違い戸に背なかをもたせかけ、須藤を眺めていた。声をかけたり、かけられたりして、一往復ないし二往復の短い会話をした。会話は空中に浮かび、少しのあいだただよって、ラムネみたいにシュワっと溶けた。

甘ずっぱい発泡感を味わいながらも、台所で立ち働く須藤の後ろすがたが、ヤッソさんと重なった。

フォークリフトを扱うヤッソさんは六十四、五の独り者の派遣で、たまに一緒に飲む。アパートに誘われ、家飲みするケースがほとんどだった。氷結ストロングをまず飲んで、その後はテレビに目を向け、パック入りの惣菜や豆腐をつまみに大五郎をちびちびやりつつ、青砥に話しかけつづけるのがヤッソさんの飲み方だった。

ヤッソさんの繰り出すおもな話題は現状への不満だった。どう考えても自分の仕事量が多すぎる、これでヒマそうにしているだれそれと同じ給料なのはおかしいとか、パートのだれそれはおれにだけ「おはよう」と言わないとかを口のはたにアブクを溜めて、回りくどく言い募る。「どう思う？　なぁ、アオちゃん、どう思うよ？」というのが話題と話題をつなぐブリッジで、このセリフがヤッソさんの口から出ると、青砥はやれやれ終わった、とほっとし、でもまた始まるんだよな、とうんざりする。

愚痴を聞かされるだけと知っていても、ついヤッソさんと飲んでしまうのは、まったく公平ではない視線でもってものごとを捉え、ひとり勝手に僻んだり傷ついたり怒ったりするヤッソさんの心情が沁みるからだ。客観性というやつが微塵も入り込まないヤッソさんワールドはヤッソさんが感じたことがすべてで、青砥にも、そんなワールドがたぶん存在する。

噴き出し方のちがいだけかもしれない。ヤッソさんは「まんま」でいくが、青砥は少し下ごしらえをする。直感的に覚えた屈辱を他人の目で照らし、勘違いや考え過ぎの可能性を探したり、そこまでのことか、と再点検したりし、それでもおさまりがつかなくて、なおかつ酒席かなにかでポロリとこぼしても構わない空気になったときを見はからい、なるべく軽く吐露する。言い出さず、ぐでんぐでんになるときもある。

ヤッソさんはおれより素朴だと青砥は思う。ヤッソさんと話をしていると、ここは平場だ、と強く感じる。おれら、ひらたい地面でもぞもぞ動くザッツ・庶民。空すら見たり見なかったりの。

黙っていてもからだが揺れる程度に飲むと、ヤッソさんは中古のロボットみたいにギクシャクと立ち上がり、台所に行く。アルミ鍋のうどんを煮込むか冷麦を茹でるかして、青砥にふるまう。ヤッソさん家の台所の広さは須藤のところといい勝負だ。作業の途中で両手を腰にあてたり、つま先で脛を掻いたりする仕草も似ていた。その仕草は、青砥の母や別れた妻もやっていたような気がするのだが、男女の差こそあれ、広くないアパートに独りで暮らす中高年の生活感が青砥にヤッソさんを思い出させたのだった。

もちろん、須藤の部屋はヤッソさんより整頓されていた。

須藤に言われ、エアコンをつけに行った第二の和室にはちいさなベッドと本棚と階段状に積まれた扉付きのキューブボックスがあった。充電中のスティッククリーナーも、ベランダ窓付近に置かれたコロ付きワゴンに入れた洗濯用品一式も、みんな、あるべき位置にあることが見て取れ、乱れがなかった。

「冷房、遠かったら押入れに扇風機あるから」

サンキューと開けた押入れのなかも整然としていた。パイプハンガーや衣装ケースを駆使した「押入れ収納」の写真のようだった。そのたたずまいが、ある種の侘しさを醸し出していた。適度に乱雑で、どことなく饐えたにおいのするヤッソさんの部屋の問答無用のうら寂しさを洗って干してアイロンがけしたような、張りのある侘しさだった。

宴の準備が整った。

器に移したパック惣菜のあれこれや、須藤が供出した常備菜の卯の花、火を入れ直した鶏大根、あらたにつくった玉子焼きがテーブルに並んだ。

「青砥のおかげでにぎやかだ」

須藤は冷蔵庫から発泡酒を出した。スーパーでの掛かりは青砥が持った。払う払わないで揉めそうになったが、青砥が「場所代」と言うと、須藤はわりあい早く引き下がった。

「ではでは」

須藤が漏斗型の陶器カップを持ち上げた。

「ではでは」

青砥も持ち上げ、カップを合わせずに乾杯した。ごく、ごく、ごく、と喉を鳴らし、プハーと口を開けたら、少しリラックスした。早くも正座をくずした須藤の胸元を青砥が指差す。

「シミ、ついてるぞ」

「なんだって」

生地を引っ張り確認した須藤は、ものすごいスピードで立ち上がった。押入れの衣装ケースからTシャツらしきものを取り出し、第二の和室に小走りで向かい、漂白剤を引っ掴み、風呂場に急行した。風呂場兼トイレは玄関からすぐ、台所の向かいにある。そこに須藤はしばしこもった。応急処置を終えて戻ってきたときには紺色のTシャツに着替えていた。なんともやるせない表情をしていた。須藤がシミをつけたのは、「半外出着」だったのだ。

　ラジオはつけっぱなしだった。野球中継はすぐに終わった。ゆったりと語る中年男のいい声や、元気いっぱいの若い男の細い声が流れた。道路に面して建つアパートなので往来する車の音もひっきりなしに聞こえたが、耳障りではなかった。いずれも夜の深まりを感じさせた。発泡酒を空けた須藤は陶器カップをゆすぎ、焼酎のウーロン茶割りに移行した。青砥はまだ発泡酒を飲んでいた。ロング缶だ。たしか五本目。

　須藤はだいぶ緩んでいた。レンジ台兼食器棚に背をつけ、足を投げ出し、にやついている。「顔が重い」とさっき化粧を落とした。もとより薄化粧ゆえ、さほどの変化ではなかったが、目鼻立ちがやはりぼやけた。色も少し黒くなった。クリームだか乳液だかをすり込んだらしく、火照(ほて)った頰をテッカテカにして、いま、靴下を脱いだ。「青砥も脱げば」と言う。「脱ぐかよ」と答えたら、「うちの父も水虫だったよ。爪水虫」と言うので、「ちがうわ」と脱いだ。足の指を動かし、風を入れたら、一段と心持ちが軽くなった。陶器カップに発泡酒を注ごうと缶を持ったら、空だった。須藤が冷蔵庫から発泡酒を出す。いいタイミングだ。阿吽(あうん)の呼吸ができあがったようで、きもちがさらに軽くなる。余計なことを喋りそうだ、と思う間もなく口が動いた。

「おれ、アル中っぽかった一時期があってさ」

「いつごろ？」

「六年前。や。五年前か。離婚してすぐのころ」

とにかく飲みたかった。当時は都内の製本会社で働いていたのだが、仕事が退けたらコンビニに直行し、飲みながら最寄り駅まで歩いた。駅の売店で二本目を買って壁にもたれて飲み干した。電車に乗っているあいだは一生懸命我慢して、自宅最寄り駅に着いたら売店まで走った。飲みながらマンションまでぶらぶら歩き、マンションを眺めながらもう一本飲み、帰宅して吐くまで飲んだ。

「やめたきっかけは？」

「朝、飲むようになっちゃったから。さすがにやばいと」

「会社のひとに気づかれたとか？」

「それはないんだな。マスクして行ったから。でも、朝起きてビール飲んで、隠すためにマスクをかけるときの、ゴムを耳にかけたりとか、息が漏れたりしないようにワイヤーを鼻に密着させようとする自分の手つきがだんだん熟練されていってさ。妙に手際がよくなって、なに巧くなっちゃってんの、って、ある日、ちょっと死にたくなったんだわ」

「その巧さを追求する気にはならなかったんだ？」

「ならなかったねぇ。本気で死のうとも思わなかったけどな。死にたくなったことを消すために、ていうか、しめた、いい理由を見つけたって感じでもう一本飲んでさ、もっと飲みたくなって近場のコンビニまで走って、風邪ひいたんで休みますって会社に電話入れて、そしたらその日はいくら飲んでもオッケーじゃんよ。寝たり飲んだり吐いたりして夜になって、また飲み始めようとしたときに、だっさ！　って思ったんだわ。離婚からのアル中って最高にださくないか？」

「きれいな一直線だよね。説得力もある」

「その日は、まぁ、結局飲んじゃったんだけど、次の日から、まず朝は飲まないって決めて。朝、飲まないのが習慣になったら、仕事帰りに飲まないことにして。行きつ戻りつはしたけど、なんとか脱した」

　そういうわけだ、と右の手のひらに扇風機の風をあてた。簡単に乗り越えたようだ、と思った。話し終えた感触がそうだった。強烈な飲みたさを遠ざけようと数を数えたり、いま飲んだら、きのうまで貯めた「約束を守った時間」がゼロになるとアイウエオを逆から思い出してみたり、だめになっていいのかと脅しをかけたりした場面が、そのときの実感込みで脳裏を走った。ただし、過ぎたこととして。自分が主人公の読み物を読んでいるような。

「えらいね。それはすごくえらいよ」

須藤の声が冴えて聞こえた。顔つきには緩みが残っていたが、厚ぼったくなったまぶたの下の黒目の黒さもすうっと冴えた。腿に置いていた両手でジーンズの生地を払うようにして、言う。

「わたしも沈みそうになったこと、あるよ」

「ほう」

青砥は発泡酒を飲み、須藤の言葉を待った。夜が深まるまでに交わした会話はほとんど覚えていなかった。車窓から見える景色について感想を述べたり、それに付随するちっちゃなエピソードを披露し合うようなやりとりだった。初めてなのに見覚えのある景色のように流れていった。強くこころに残っているのは、ふたりで電車に揺られながら、楽しげにあれこれ話す記憶だった。

「発端は四、五年前。四十五か六のころ。もうはっきりと覚えてないんだけど、それくらい。わたしは某都市銀行でロビー業務をやってた」

「すでに未亡人か？」

「そう。ゆえにパートからフルタイムに切り替えてた。その前から同じ仕事をしてたんだ。彼が転勤族だったから、地方でパートをやってたこともある」

「ご主人が亡くなってからは都内？」

「西早稲田。持ち家。元は彼のご両親のお宅。彼が亡くなる前から、わたしはそこに住んでいた。亡くなったとき、彼は広島で単身赴任をしてた」

「ふーん」

かすかに首をかしげ、青砥がなにか言いかけたら、須藤がさえぎった。

「酒乱だったんだよ。怒鳴ってモノにあたるタイプの。だんだん酷くなってね。毎日一緒にいたくなかった。かといって別れる踏ん切りがつくほどでもなく。ほんといやだなって思うたびにもうちょっと我慢できそうな気がして」

知ってて結婚したっていうのもあるし、と須藤はあくびをするように口を開けた。

「わたしなら救ってあげられるわ、みたいなやつか？」

「や。単に好きだったから。どうしても欲しかったんだ」

須藤はこともなげに言った。

「離婚したって聞いて、ぶつかっていった」

ドーン、と体当たりをする身振りをして、こぼれそうになった二杯目のウーロン茶割りを迎えにいって飲み、「酒乱の噂も聞いてたけど、酒飲んで家で暴れるくらいたいしたことないって思ってた」と目を細めた。

「ダンナ、そんなによかったのか？」

「よかったねぇ」

即答し、つづけた。

「『お』って驚くところとか、笑うときに片目を細めるところとか、指の付け根の山とか、襟足とワイシャツの隙間の皮膚の張った感じとか、そのへんからあぶらのいい匂いが滲み出てきそうで、とにかくぜんぶ、世界でいちばんいいと思った」

世界でいちばん美味しいものを食べたように須藤は笑った。その顔のまま数秒、黙った。さまざまな思い出を舐めるように唇が動き、「話を元に戻しますと」とウーロン茶割りに目を下げた。

「銀行に入金したり、両替しに来たりする男の子がいたんだ。近所の美容室の子。湯上がりみたいなサッパリした顔して、大事そうに店の黒いポーチ持って。挨拶するようになって、二言三言話すようになって、その子の美容室に通うようになって、すごく若く見えたけど三十八だって知って、十もちがわないんだって思ったら、前のめりになった」

「相手は独身？」

「独身。趣味を始めるのが趣味みたいなところがあって、まず道具を揃えたがる。おしゃれだから、着るものにもうるさくて、いつもピーピーしてた。カードの支払いがもう無理ってときに相談されて、立て替えたのが俗にいう終わりの始まり」

須藤には預金があったようだ。会社員時代の蓄えがまだ残っていたし、亡夫の預貯金にも相続ぶんがあった。持ち家もある。保険金の受取人は先妻のままにしておいたので須藤の手には入らなかったが、それでも「老後の資金としてはまずまず」の金額だったらしい。それが「ほぼなくなった」という。

「二、三年で。最初は向こうも遠慮がちにねだってきたし、わたしも断ったりしてたんだけどね。向こうが欲しがる上等なものを見たり触ったりしているうちにタガが外れた。だって買ってあげられるんだもの。楽器屋に行って、『なにこれ、めっちゃええやん』って向こうが飴みたいな色のギターを手に取って、いっちょまえな構えでポロローンと弾いて、『な？　ぜんぜんちがうやろ？』って盗み見するように見られたら、言っちゃだめって分かっててても『欲しいの？』って訊いてしまう。ギターをぎゅうっと抱きしめて『ありがとう』って言うときのようすがグリグリしたくなるほど可愛くてね」

「相手、関西人？」

「大阪って言ってた」

「あそこって安いモン買うひとが偉いんじゃなかったっけ？」

「ひとによるんじゃない？」とあしらうように応じ、須藤は青砥の目を見た。

「わたしもじゃんじゃん買うようになったんだ。服とか靴とかバッグとか。きれいだな、と思ったらすぐ。次々と、たくさん。でないと買い物した気にならなくなって。向こうも煽るし。もともと物欲はそんなでもないんだよ。無駄遣いだとする範囲がひとより広いみたいで、よく妹にケチって言われてた。それが中年を過ぎて目覚めちゃった。でも、元はケチだから、後味が悪いんだよ。クローゼットに掛けると『またやっちゃった』って落ち込むから、それすごくいやだから、買ったものは袋に入れたまま見ないようにしたりして。通帳も見なかった。ガンガン引き落とされるからね。向こうはちがうんだ。お買い物だーい好きで、買ったことを無邪気に喜ぶ。わたしも買うときは興奮するんだよ。猛スピードでぶっ飛ばしてる気分っていうか。耳のなかまで熱くなる。もういいや。行けるところまで行っちゃえ、みたいな。でも」

「でも？」

「なんとなく胸騒ぎがして、ほんとうに久しぶりに通帳を見て、血の気が引いた。向こうに見せたら『なくなるもんやねぇ』って感心するから、一瞬ちょっと和んじゃったんだけど、わたしとしては行けるとこまで行ったんだな、って思った。でも、向こうはまだ先があると思ってるみたいだった。『借りたら、それはもはや、おれらのカネやん』のひとだから。『返せなくなったらどうするのよ、あっという間に返せなくなるよ』って言ったら、

『首くろか？』って。『人間、その覚悟があればなんでもできる』って。わたし、また、一瞬、それもそうだな、って思っちゃったんだよね。だけど、すぐ冷めた。『おもんない』ヤツだから」

真面目か、と須藤はやさしく笑んだ。

「浪費も向こうとの関係もなかなか断ち切れなくて、ずるずるつづけた。買ったものを売っても追っつかなくて、銀行の仕事のほかに居酒屋で皿洗いとかしたけど焼け石に水で、『わたしがもし若かったら稼げる方法はほかにあるのに』って言ったら、『言ってもしゃあないこと言うなや。第一、ハコちゃんにそんな仕事似合わへんて』って赤ちゃんみたいなプックリした手で両肩さすられたら、なんかもう自動的に胸がいっぱいになって、『ありがとう』って言っちゃって。で、首が回らなくなったある日、向こうが『せや！』ってちっこい目をかがやかせて、『家、あるやん』って言ったんだ。『売ればええんちゃう？』ってクリームパン食べながらニコニコと。『でないと間に合わないんちゃうんかなぁ。ぼく、サラ金にだいぶ借りてもうてるし』って首かしげて。鼻の頭にクリームつけてね。ぞわっとした」

「家、売ったのか？」

「売った。ダンナのこどもたちに半分いったけど、清算できた。残ったぶんの半分を向こうに渡して、わたしはこっちに戻って来た」

「渡したのかよ」

「泣いてた。『ごめんなぁ』って。ベローチェで」

「クズじゃねぇか」

「青砥」

「なんだよ」

「わたしも泣いたんだ。『ごめんね』って」

「意味分かんないな」

「わたしもよく分からない。ああ、これで助かったと思いながら、泣いてた」

「まだ未練があるとか言うなよ」

「それはない。引っ越したら、ビュンと昔話になった」

「それはそれで薄情だが」

「強い色彩だけがチカチカと残ってる感じ。点滅するたび、クラッとなる」

須藤はきつくまばたきをして、つづけた。

「だれかに話すのは初めてだったけど、ひとごとみたいだったな。自分の経験とは思えない」

「おれもだ」

青砥は押入れの引き違い戸から背なかを剝がし、繰り返した。

「だれかに話すのは初めてだったけど、ひとごとみたいだった」

須藤は、ね、という目をした。

「わたし、このこと、だれかに話してみたかったんだ」

「おれもそうかもしれない」

だれかになにかを打ち明けたい衝動が湧き上がるのは珍しくなかった。愚痴の吐き出したさよりももっと奥から揺すぶってくるものがある。それが自分の暗部ならいっそう鮮明だ。わざわざ言うことではないと知っているのだが、隠しごとをしているような後ろめたさがあった。隠しつづける辛さからの解放されたさや、危機を乗り越えるまでの物語の語りたさもあるのだが、そういうややこしい説明をするまでもない、よくある言い方がありそうで、青砥は言葉を探した。

「だれかに話しておきたかった、って感覚。なんだろうね、この告白欲」

首をひねったら、須藤が訊いた。

「年齢的なものかな？」

「かもしれない。晩年感っていうか、なんかそういうのがふとよぎることあるしな」

「生検の結果待ちと関係あると思う?」

「ない、かな。基本的には。晩年感は加速したけど」

少し考えてから付け足した。

「でも、きっかけにはなったか。須藤に会えたし」

後半は冗談めかした。

「わたしも」

須藤は陶器カップを畳に置き、腕を組んだ。

「話しておきたい相手として、青砥はもってこいだ」

距離感といい、なんといい、と須藤は言葉を濁したが、青砥には届いた。正確に伝わった、と直感した。

たしかに「もってこい」かもしれない。青砥は須藤に好きなような、好きとは言い切れないような、弾力のある好意を抱いている。須藤もきっと同じだ。昔、駄菓子屋に売っていた、短いストローでふくらます、虹色の風船みたいな好意がふたりのあいだで呼吸していた。

秘密の思い出も共有しているというのもよかった。晩年感がふとよぎる歳で再会した「異性」は、十五歳の面影を残しているものの、虹色の好意を友情と呼ぶほどには熟れている。

低速で走り出した感覚がきた。長いアイドリングのせいで滑らかな走り出しだった。

「青砥」

「ん？」という目で須藤を見た。

「わたしも検査なんだよ。水曜」

「え？」と口が開いた。

「内視鏡検査。こないだ青砥がやったやつ。紹介された病院の予約が取れなくてね、待たされた」

「胃？」

「いや。大腸、かな？」

そーんなトーシゴロね、と須藤は「夏色のナンシー」を歌い、あーあと伸びをした。

四「青砥はさ、なんでわたしを『おまえ』って言うの？」

「異常なし」で気が抜けた。

率直な感想は「だと思った」で、ほぼ同時に「助かった」がきた。よかった。

今後も定期的な検査をつづけましょう、と医師に言われ、「はい」と神妙な顔つきをつくる。勝って兜の緒を締めよ。油断大敵。天災は忘れたころにやってくる。頭のなかで戒めのことわざを並べたのは、「念のため」だった。

このたびの「念のため」は余計な不安を連れてこなかった。次回の検査でよくないものが見つかっても、敵は「早期」のはずである。今回の検査結果で、希望をたっぷり染み込ませた綿を手に入れたような気がした。握りしめるたびにしずくの落ちる、この綿があれば、強いこころでいられる。きっと。

正午を少し過ぎたところだった。会計は混んでいた。番号票を受け取り、売店に行く。

売店も混んでいた。二台のレジに、それぞれ列ができている。レジを受け持つ女性は青砥と似たり寄ったりの歳格好だった。売店のパートの人員構成は須藤に教えられたが、覚えていなかった。青砥に分かったのはウミちゃんのすがたが見えないことだった。須藤が休みなのは知っていた。いまごろ都内の肛門胃腸科クリニックで大腸の内視鏡検査を受けている。

引き違い戸の冷ケースからボトル缶コーヒーのブラックを取り、列に並んだ。順番がきたら、レジの女性が「あら」という顔をした。「どうも」という顔で会釈し、総合受付に戻った。

マスクの自動販売機の横に運よく空席を見つけ、そこに座った。隣は親子連れだった。おでこにでかい絆創膏(ばんそうこう)を貼られた男児が、母親のまたのあいだで「あーあ」と反(そ)っくり返ったり、「まだー？」と尻をにょろにょろ振ったりしていた。胸ポケットから携帯を取り出した。「終わった。今、会計待ってる」と須藤にＬＩＮＥを送る。

結果は顔を合わせるまで報告しないと取り決めていた。互いの検査が終わったところで落ち合う時間と場所を相談することになっている。青砥の発案だった。先週の土曜に決めた。深い理由はなかった。ふと、結果報告に、タメを長くするというあそびごころを混ぜ込みたくなったのだ。「青砥の好きにしていいよ。わたしのは、しがない内視鏡検査だから。青砥ほど結果報告にパンチがないし」。須藤は言い、「青砥の結果は早く聞きたい気がするんだけどな」と笑みを浮かべた。

所長に結果報告のＬＩＮＥを入れた。何度も振替休日を取った詫びと快く了承してもらった礼を改めて伝え、最後に「今日は祝杯をあげるので出ません」とくだけた調子に変え、携帯を胸ポケットに戻した。缶コーヒーを飲む。残る報告しておきたい人物は、母だった。

三日前、会いに行った。毎週日曜には顔を出すようにしている。母は部屋で口を開けて眠っていた。昼食を食べさせてもらったあとはいつもこうやってひと眠りする。青砥は箱買いしたネクターを背の低いチェストの上におき、一本ずつ名前を書いた。月に一度の作業だったが、その日は二ヶ月ぶん、おこなった。母はネクターが好きで、一日一本飲む。担当者に預けておいて、おやつの時間に出してもらう。もし青砥が入院となり、ネクターの在庫が切れたら、かわいそうだ。

作業を終えたころ、母が目覚め、思い出したようにゆるく口を閉じた。起き上がりたそうにしたので、手を貸した。寝汗で湿ったシャツ越しに痩せた背中が触れる。「ご親切にどうも」と頭を下げられ、「どちらさま?」と訊かれ、「息子の健将」と答えた。母は耳が遠く、「え?」「え?」と眉をひそめて何度も訊き返すので、「息子の健将」と答えつづける。ようやく聞き取れた母が「死にました」と濁った目で断言した。真面目に反論してはよくないらしいので「そうですか」と応じる。

　毎度のことだが、生検の結果待ちが始まってからは、予言のように胸にひびいた。「みんな、死んでしまって」と嘆くのに付き合っているうち、母はポカッと息子を思い出し、急に小言を連ねる場合があるのだが、三日前も、その前の日曜もそうではなかった。「おれ、ガンかもしれないんですよ」と言ってみたら、「アラそれはお気の毒ね」とそこだけ話が嚙み合い、ちょっと笑えた。


　会計を終え、病院を出た。途端に暑さが絡みつく。汗が噴き出る。節電なのか患者への配慮なのか、冷房が効いているはずの病院内もそんなに涼しくなかったのだが、外の暑さは別物だった。自転車にまたがり、駅に向かった。牛丼を喰おうと思う。アタマの大盛り、つゆだくで。若くてやる気のなさそうな店員だと逆に盛りがいいのだが、と自転車を走らせていたら、コンビニの店先にウミちゃんを見つけた。二、三人の男性に混じり、タバコを喫っていた。ゆるゆると近づいたら、ウミちゃんもタバコを口から離し、大きめに驚いた。自転車を停め、地面に足をつけたまま話をした。

　ウミちゃんは出勤前に一服やっていたようだ。今日はたまたま遅番だが、早番でもコンビニ前での一服は欠かさないとのこと。妊娠を機に禁煙したらしいが、子育てが一段落し、また喫い始めたようだ。こどもの前では非喫煙者で通しているという。夫にも内緒にしているらしい。「学生だったときみたい」と言うところをみると、喫煙歴は長いのだろう。

「青砥くんは？　やめたの？」

「三十年近くになるわ」

正確には二十八年。青砥の禁煙歴は長男の年齢と同じだ。

「えらいね」

「もともと喉、弱かったからな。喫いすぎると腫れて熱が出た」

二十二歳で一児をもうけ、一家の大黒柱としての自覚が猛然と芽生えた。そうそう職場を休んでいられない。

「パーラメント、だったっけ。スパスパやってたよね」

「そういえば、ソレだったな」

よく覚えてるな、と言ったものの、目は「なぜ知ってる？」になった。

「覚えてないんだー」

ウミちゃんはタバコを灰皿に投げ入れた。トートバッグから赤紫色のチェックのタバコ入れを取り出す。一本くわえて、百円ライターで火をつけ、フーッと煙を吐き出した。

「池袋でチョコチョコ会ったじゃん。西口のディスコ」

「アダムスアップル？」

「そう、そこ」

曖昧（あいまい）に笑った。二十歳かそこらのころに通った場所だった。連れ立って行ったのは高校も同じだった江口で、たまに森と後藤も誘い、四人であそんだ。地元の顔なじみとはしばしば遭遇したが、ウミちゃんは記憶になかった。

「やっぱり覚えてないんだ」

ウミちゃんはタバコを持った腕の肘を曲げ、その肘にもう一方の手のひらをあてがうという、なんだかちょっといい女風のポーズで、なじるような目つきをした。

「ごめん。ほかにだれと会ったのかもあんまり覚えてないわ。うるさかったし。『元気？』、『元気』ぐらいの話しかしなかったし」

「嘘だぁ」

ウミちゃんはゆっくりとタバコをふかした。厚い胸が上下し、幅の広い煙が広がる。

「青砥くん、あたしにキスしたじゃん。あたしが『あー青砥くんだー』って袖引っ張ったら、『おーウミちゃん』ってほっぺにチュッして、『じゃ、そーゆーことで』って向こうに行っちゃったじゃん」

「え？」

「会うたび、そうだったじゃん。あたしだけじゃないよ」

ウミちゃんが列挙した名前は、青砥が女の子として関心が持てないタイプばかりだった。

「おれ、だいぶ調子に乗ってたな」

うっすらと記憶がよみがえった。遊び人っぽく振る舞うことが愉しくてならなかった。江口も森も後藤もそうだった。人混みを搔き分けて寄ってくる地元の女子の垢抜けない頬にチュッしてやって、キャーキャー騒いでいるところを置き去りにし、格好よさを見せびらかしたものだ。

「かなーりチャラかったよね」

ウミちゃんがふふっと口元を緩めた。鼻の下にプツプツと汗の玉。

「でも、彼女ができたら一筋になって、あそこに来なくなったでしょ。『青砥くんってそういうとこがいいんだよねー』、『根は真面目で純情なんだよねー』って、みんなで言ってた」

「みんな、ね」

「みんな。だって、結局、その彼女と結婚までいったわけだし」

「最終的に別れちゃったけどな」

「そんなに責任感じることないよ。離婚って夫婦どちらかひとりだけが悪いんじゃないいんだし。青砥くんのとこは、ほら、奥さんは奥さんで、ね？」

ウミちゃんがぬるっとした視線を青砥に送った。ちいさな黒目がいきいきとかがやき、あたしは青砥くんの味方だよ、と念を送る。

「おまえ、いったい、どこまで知ってんだよ」

青砥がやや声を張って冗談めかすと、ウミちゃんは大きなからだを揺すって笑った。

「ぜんぜん、なんにも」

あくまでも噂、と唇についたタバコの葉を取り除き、言い足した。

「青砥くん寄りの話ばっかりだから、大丈夫だよ」

「ありがたいねぇ、地元は」

「そういうんじゃないんだけど」

青砥くんの奥さんってわりと、と言いかけ、「まいっか」とタバコを深く喫い込んだ。

「いいって、もう」

青砥は蚊を避けるような手振りをした。こめかみから汗がツーッと垂れる。柔和な表情を意識し、投げやりな口調に聞こえないよう気をつけた。

妻はディスコでナンパしたひとりだった。色が白く、首が長く、睫毛が濃かった。デパートの婦人雑貨売り場で働いていた。成増の天ぷら屋の娘で、歳は青砥と同じだった。出会ったその日に重なった。明け方、妻は、青砥の肩にひたいを擦(こす)り付け、ディスコに行ったのも、男のひとに声をかけられたのも、すぐにこうなってしまったのも、とにかく、なにもかもが初めてだったと打ち明けた。

付き合う流れだな、と青砥は思った。可愛いし、おとなしそうだし、ウブだし、付き合ってもいいな、と思った。その程度のきもちだったのだが、交際が始まったら、本気になった。妻は料理がうまかった。青砥の職場にときどき弁当を届けに来た。縫い物も編み物も得意で、自分でつくったというスカートの裾をくるっと回って広げて見せたことがあった。青砥のズボンの尻ポケットにも葉っぱとふたりのイニシアルを組み合わせた刺繍(ししゅう)を入れた。名義は青砥、管理は妻の共同通帳で預金を始め、いつか結婚するんだろうな、という甘い予感が輪郭(りんかく)を持ったころ、妊娠が判明し、婚姻届を提出した。二年後にふたり目の息子が生まれ、四人家族になった。

付き合っているときから気にかかっていたのは、妻の相談癖だった。

そう頻繁ではないのだが、妻は青砥より先に他人に相談を持ちかけた。それも相手は決まって男で、妻が言うには「男のひとのほうが視野が広いし、口が堅い」からで、青砥ではなく他人を相談相手にまず選ぶのは「最初に客観的な意見を聞いておきたい」からなのだそうだが、そのせいで、結婚生活中、妻は何度か噂を立てられた。息子の担任、息子の友だちの父親、サッカー教室のコーチ。どのひととも妻はふたりっきりで会い、息子の乱暴な言葉遣いに困っているとか、青砥の父の飲酒が心配とか、サッカーシューズのメーカー選びに迷うなどを相談していたようだった。

噂になっていると親切に教えてくれる人物がその都度あらわれ、その都度、青砥は「ひどい。どうしてそんなふうにしか考えられないの」と泣いたり怒ったりする妻に、「当たり前だろ、そもそもわざわざ呼び出して相談するほどの話じゃないし、そんなの母親同士の井戸端会議で充分だろうよ」と声を荒らげ、「だって男のひとのほうが視野が広いし」と妻が応じるというループに入った。

妻が相談相手と浮気をしているとは思わなかった。その点では青砥は妻を信じていた。相談癖を除けば、申し分のない妻だった。こどもがちいさいころは、父子三人お揃いの甚平を縫ってくれた。青砥の高くない給料にも文句は言わなかったし、回転寿司屋やホームセンターでパートもしてくれた。

相談騒動が起こるのは、せいぜい年に一度か二年に一度だった。青砥は、「うちのヤツは、ときどき、ちょっとばかになる」程度のわざと雑な認識で乗り切った。妻と向き合い、ループに付き合わされるよりも「いい加減にしてくれよ」と冷たく呆れたほうが疲れない。

普段は「おとうさん、おとうさん」と青砥を立て、頼りにし、「おとうさんの言う通りにしていれば間違いない」の態度の妻が、なぜ、時を置き、「相談」を繰り返すのか、理解できなかった。気味が悪かったのは、「相談」した理由を言い募る妻のようすだ。濃い睫毛に縁取られた黒目に、緑色のきらめきがポツポツと浮かぶのだった。光線の加減なのか知らないが、緑色の狐火みたいなもので、追いかけると消え、また浮かび上がった。

我慢できなくなったのは、父が死に、地元に戻ると決めたあたりだった。妻が乗り気薄なのはなんとなく気づいていた。Uターンは夫婦で話し合って出した結論だった。妻は反対しなかった。むしろ積極的に賛成した。「ひとり息子と結婚したのだから」としきりにうなずいたし、賃貸を探すつもりだったが不動産屋で掘り出し物の分譲を紹介されたときも、帰宅して、電卓を叩き、「思い切って買っちゃう？」と頰を紅潮させた。でありながら、ときおり「だって、もう決まったことだし」とひどくさみしそうに微笑した。「どっちなんだよ」と訊いたことがある。「イヤならこの話、ナシにしたっていいんだ」。壁掛け鏡に向かい、髪の分け目を手で押さえ、白髪の伸び具合を点検していた妻は「イヤなんてひとことも言ってないじゃない」と青砥を振り返り、「へんなおとうさん」と鏡に顔を戻した。

引っ越しが決まったころ、妻が江口や森や後藤に「相談」していると知った。ある日、三人に呼び出され、「実はさ」と軽い感じの滑り出しで教えられたのだった。舌打ちが連続して出た。どうにもいたたまれなかった。「いや、相談されるのはべつにいいんだけど」と三人は代わる代わる前置きし、「おれらの仲だから言うんだが」と口ごもったのち、江口が代表して「ただ、距離がなぁ……」と首をひねった。

妻は相談相手との距離が「近い」ようだった。実際の距離なのか精神的な距離なのかは確認しなかったが、「ちょっとやばいんだよ」と苦笑して顔を見合わせた三人のようすでそっくり分かったような気がした。「いや、奥さんはそういうつもりじゃないと思うよ」「うん、そういうひとには見えない」「ぜんぜん、そうじゃない」と口々にフォローされたが、妻の最大の問題は一貫して「そういうつもり」じゃないところである。

帰宅して、問い質し、ループの果て、険悪になった。妻の発言でこころに残っているのは、「おとうさんはあたしの話をまともに聞いてくれないじゃない」と「なにがいけないのか分からない」と「ほんとは引っ越ししたくないの」のみっつだった。ああ、それともうひとつ。「ずっと我慢してたんだから」というのがあった。

不穏なムードのまま引っ越しした。口をきくたび拗れていった。妻は不満を、青砥は不機嫌を隠さなくなった。妻が実家に戻り、ほどなく離婚に向けての話し合いが始まった。言い出したのは妻だった。池袋のプロントで顔を合わせ、「本来のあたしに戻る」と姿勢をよくしたり、「ねぇ、あたしたち、ほんとに別れるの？」と白ワインを見つめたりする妻が、青砥は心底、うざったかった。よくもまあ、二十三年も連れ添ったものだ。

ふたりの息子は、妻が実家に戻ったのをしおに独立した。メーカー勤務の長男は都内にマンションを借り、大学生だった次男は彼女と同棲をスタートさせた。どちらも「とうさんはいいよな。別れたらあのひとと縁が切れるから」と大儀そうに言った。いやなことを言う、と思った。

離婚届を提出したら、妻を見捨てた思いに駆られた。離婚届の証人は、妻が用意した、青砥の知らぬ者たちで、おそらくは妻の「相談」相手だろうと察し、いまどきの言葉で言えば「絶対、無理」の心境だったのだが、後悔が這い上がった。もっとも魅力的だったころの妻が思い出された。恥ずかしそうに目を伏せるところとか、そのときできる睫毛の影とか、「健ちゃん」と初めて呼んだときの声とか、とにかく、ぜんぶ、世界でいちばん、いいと思ったころの。

「ていうか、今日、通院日?」

ウミちゃんが訊いた。「生検。異常なし」と伝えると、ウミちゃんは「生検だったの？マジで?」と驚き、「よかったねぇ!」と音を出さずに拍手した。

「ハコにも言っとく。今日、休みなんだ」

「あぁ、そうなんだ」

「そういえば、ハコがこっちに戻ってたって知ってた？」

「いや」

「あたしも。新しくきたパートさんがハコだったからびっくりした」

ウミちゃんは腕時計を確認し、「最後の一本」とタバコを口のはしにくわえた。ライターを手にタバコを唇で上下させてから、いったん離し、「ハコっていえば」とまたくわえた。火をつけ、早口で言う。

「本人は黙ってるけど、いろいろあったと思う。ご主人が亡くなったのはずいぶん前みたいだけど、略奪婚だったじゃん。友だちの親友がハコと同じ会社に勤めてて、だから聞いちゃったんだけど、前の奥さんってハコの同期だったんだって。ダンナのDVを相談されたハコが『そういうのは一生治らないから、絶対別れたほうがいい』とアドバイスしたと。で、離婚になったと。そしたら、ダンナはハコと再婚したという。まーハコのきもちも分からないじゃないけどね。やっぱり業（ごう）が深いっていうか、しあわせにはなれないよねっていうか、罪を背負って生きていかざるをえないよねぇ。あたしならどんなに好きでもそれだけはやらない。っていうか、やっちゃいけないことだと思う。第一、DVってだけで冷める」

「DV？」

「ドメスティック・バイオレンス」

「それは知ってる」

「なんか壁に穴開けたりしたらしいよ」

「奥さんに手を出すとか？」

「そりゃ出すでしょ。壁に穴開けるくらいだから」

ひとことで言うと自業自得ってことになるんだけど、とウミちゃんは長い灰を落とした。

「ハコとは昔からの友だちだしね。仲間だし。あたしは、いまのハコを見てあげたいって思うんだ。ハコ、一生懸命やってる。シフト入りまくって稼いでる。都内ほどじゃないだろうけど、独り暮らしはたいへんだよ」

そしてウミちゃんは「分かんないもんだよねぇ」と短いタバコを持つ手を添え、かぶりを振った。

「あんなに勉強ができて、いい大学いって、一流企業に入ったハコがああで、取り柄のないあたしがこうなんて」

ローンはキツイけど、と口をへの字にした。おそらくウミちゃんは夫とこどもと持ち家を手に入れたのだろう。上々のしあわせだ。

「ま、青砥くんもハコと仲よくしてあげてよ」

「おれが？」

なんで？　と笑ってみた。大振りな笑顔になった。カマ、かけられてるのか？　もしかしてウミちゃん、おれが須藤と焼き鳥屋で会ったの知ってる？　どこかから目撃情報が入ったかなんかして。

「ハコ、こっちで友だちいないようなんだよね。昔の知り合いにも連絡取ってないみたい。せっかく戻って来たのに」

なんだ、ただのお節介かとほっとしたのだが、「ハコも青砥くんも独身じゃん。これって一種の出会いかも」と黒目をぬるぬるさせたので分からなくなった。新たなゴシップの種を蒔こうとしている可能性も出てきた。

「ハコ、青砥くんが気になってるみたいだよ」

ウミちゃんが声をひそめたので、

「じゃ、がんばっちゃうかな」

と前髪を搔き上げた。髪の根元が汗で濡れていた。どうせ早晩バレるだろう。ウミちゃんの情報網はたぶんネットよりすごい。粗い噂になるなら、青砥から仕掛けたことにしたかった。

「がんばってー」とウミちゃんが含み笑いで灰皿にタバコを落とした。「面白くなってきました」という表情に見えたが、ウミちゃんはそれ以上なにも言わなかった。また時計に目をやり、トートバッグを肩に掛け直す。「またねー」と病院に向かって歩きかけて、振り向いた。

「あ、ハシモっちゃん、元気？」

「安西？　元気だよ」

「しばらく顔を見てないんだよね。トミちゃんだったか井尻さんだったかに青砥くんとこで働いてるって聞いただけで。お子さんのこと、なんか言ってなかった？」

「元気で、普通に、働いてるよ」

「ならいいけど。ちょっと心配だったから」

ウミちゃんは安西のお子さんの件について話したそうだったが、時間がなかった。「ほんと、いいの。気にしないで」と内股で駆けて行った。

ウミちゃんの背中を青砥は口を開けて眺めた。平場中の平場、という言葉がぼんやりと浮かぶ。ウミちゃんの話を聞いていると、世間話のありさまとでもいうものが迫ってくる感じがした。湯あたりしそうだった。

ペダルの位置を戻し、漕ぎ始めた。つまり、よくある世間話だった。「ありさま」もなにも世間話なんてあんなものだ。だが、今回は、皮が剥かれた気がした。露出した実態から、蒸れた垢の臭いがした。元の妻と須藤の噂は、おれにしてくれるな。腹のなかでウミちゃんに釘を刺した。おっと追加で安西もだ、と南口の駐輪場に自転車を駐め、勝手なもんだと手の甲で汗をふいた。

吉野家で昼をすませ、帰宅した。

台所を抜け、和室に向かう。テーブルからリモコンを取り、エアコンをつけた。両腕を広げたほどの縁側から仁王立ちで野ざらしのタントを眺め、ぬるい缶コーヒーを飲んだ。缶コーヒーをテーブルに置き、携帯を取り出す。須藤からの連絡はなかった。病院で青砥が送ったＬＩＮＥにも既読がついていなかった。なんだかんだで時間がかかっているようだ。「帰宅。これから洗濯」と送った。携帯をテーブルに置き、洗濯機を回した。洗濯機は階段と風呂のあいだにあった。風呂の隣がトイレで、向かい側に冷蔵庫があり、直角の位置に流しがある。玄関は流しとトイレのあいだだ。

一階の間取りだけ見れば、須藤のアパートと大差なかった。玄関、台所、六畳間がタテに並んでいる。須藤の部屋には和室が二間あったが、青砥の家は一間だった。台所は青砥の家のほうが広いから、総面積はほとんどあいこだ。

大きくちがうのは、青砥の家のモノの多さだった。その場しのぎで買ってきたワゴンやラック、送り状が貼られたままの段ボールが積み重なって隙間を埋める台所のガチャガチャ具合も相当なものだが、六畳間のごちゃつきには負ける。

低い天井いっぱいの高さのリビングボードと、昭和四十五年の新築完成時に買った茶箪笥(ちゃだんす)が並ぶ広いほうの壁と、テレビと掃除機と細い籐の棚が並ぶ狭いほうの壁。テーブルは、立ったり座ったりすると膝が辛いとちゃぶ台から換えたものだった。元は食卓四点セットだったのだが、椅子が硬いだの座りづらいだので、按配(あんばい)のいいものを求めていくつか買い換えた。どこで見つけたのか座面の高いひとりがけのソファに落ち着き、それを二台、テーブルに向かい合わせた。不要の椅子は「いつか捨てよう」と「また使うかも」の中間の気分で駐車スペースに重ねている。

二階の和室を寝室としていたのだが、膝が理由で階段の上り下りが億劫になり、一階の六畳間に布団を敷いて寝るようになった。布団の上げ下ろしが面倒になり、敷きっぱなしの日が増えて、起き伏しに時間がかかるようになったので、ベッドにしようか、この部屋に入るだろうか、と思案していた矢先に父が死んだ。

ひとりになった母はちいさなベッドで寝起きしていたが、要介護2でレンタルの電動ベッドに切り替えた。リモコンひとつで背中や膝のマットレスを動かせるのだが、操作方法を覚えられなかったため、単なるベッドとして使っていた。歩行にふらつきが出て、手すりを取り付けようとしたのだが、壁の隙間を埋めていた家具やゴチャゴチャしたものの移動や廃棄を泣いて嫌がるので、取り付けられなかった。母は「手すりなんかなくても大丈夫」と言い張った。トイレには、家具の角やゴチャゴチャの硬いところを、ちいさな手でがっちりホールドして行き、「ほら」と威張った。

　要介護3で母が施設に入っても、青砥は家をそのままにしておいている。面倒くさいのもあるが、見覚えのあるものに囲まれて暮らしたがった母のきもちが、家具やゴチャゴチャのひとつひとつに留まっていそう、というのが本心に近かった。ここは親の家だとも思う。畳に残った電動ベッドの痕が目に入ると、さみしくなる。もう帰って来られないんだな、と部屋を見回すと、量産型の家具やゴチャゴチャが哀愁を帯び、思い出を呼び寄せ、それぞれがこの世でたったひとつのものになるのだった。

　洗濯機に呼ばれた。ランドリーバッグに洗いあがった洗濯物を放り込み、二階に上がる。自室からベランダに出て、干した。黒、灰色、ベージュ。柄物ほとんどなし。華やかでも賑（にぎ）やかでもない洗濯物をハンガーにかけたり、ピンチで留めたりする。腰に手をあてがい、なまあたたかな風にそよぐさまを少し見た。

　そうだ、とランドリーバッグを手にベランダを歩き、隣室に入る。仏壇がある。エアコンの室外機くらいの大きさだった。かなり前に母が買い溜めたトイレットペーパーやボックスティッシュも部屋のすみに積んであり、パイプハンガーが二台と鏡台もあるのだが、この部屋は整然としていた。

仏壇の前に座った。奥の御本尊、手前の父の写真と視線を行き来させ、礼をする。引き出しから取ったマッチを擦り、ロウソクを灯し、その火を線香に移す。りんを鳴らして手を合わせ、口のなかで父に言った。病院行ってきた。なんでもなかったわ。かあさんには行ったとき言う。かあさん、変わりないから。なんとかやってるから、まぁ、安心してください。

写真の父は、座面の高いひとりがけのソファに座り、両の肘掛けに肘を置き、くすぐられたように笑っていた。父はクリーニング工場の工場長だった。松下幸之助に少し似ていた。なお母は長らく八千草薫似と主張していた。似ていなくもなかったが、おばあさんとなったいまでは、まったくちがうものになった。もう一度りんを鳴らし、頭を下げて、ロウソクを消した。正しい作法かどうかは知らないが、いつもこうしている。

六畳間に戻り、携帯を確認した。須藤から連絡は、まだなかった。既読もついていない。二時十五分、と携帯の時刻を見て、遅いな、と思った。朝イチで予約してたんじゃなかったっけ。

とりあえず座面の高いひとりがけのソファに腰をおろした。頬杖をつき、外のタントを眺めるともなく眺める。ウミちゃんの言っていたことを点検するように反芻した。

夫の暴力を相談されたら、大方の者が須藤と同じ意見を言うだろう。相談者との間柄にもよるだろうが、同期という友人関係なら、須藤の言は、よくあるそれだ。しかも相談者はまだ三十前。いくらでもやり直せる。幼いふたりのこどもがいるので、苦労はあるだろうけれど、やってやれないことはない、そういうひとはたくさんいる、とやはり三十前の須藤が、聞きかじりの情報を元に励ましたとしても安直とは言い切れまい。

だが、須藤が相談者の元夫と再婚したことで、よくある意見が意味を持った。たちまち性悪女のストーリーができあがり、厳然たる事実として青砥に伝えられた。およそ二十年の時を経たせいで、現在の須藤の豊かではない生活との答え合わせもできていた。ベースは因果応報。

ウミちゃんは、きっと、須藤が死ぬまで答え合わせをするんだろうな。特に悪気もなく。そう思った。底に悪意はありそうだ。でも、ウミちゃん的な錦の御旗は「だって、ほんとうのことなんだから」で、その旗を振れば、悪意など容易に吹き飛ばせる。

しゃーない。青砥はあっさり諦めた。ウミちゃんは一生ウミちゃんだ。おれはおれで、須藤は須藤。ウミちゃんが事実認定したストーリーのなかで生きているわけじゃない。

同期から相談を受けたとき、すでに須藤が同期の夫を好いていたとしても、青砥は須藤の意見を妥当としたかった。もしも別れたら、あのひとはわたしのものになるかもしれないと須藤が腹のなかのどこかで思ったとしても同じだ。たとえそのときにはもう須藤と相談者の夫が関係を結んでいたとしても変わらない。それならそれでますます「妥当」。

独り笑いがこぼれた。まーアレだ、と足を組む。

青砥の内側で、須藤は損なわれなかった。それが愉快だった。

どんな話を聞いても、そこにどんな須藤があらわれても、損なわれないと思った。酒乱と知って一緒になって、途中でやっぱりうまくいかず、そのまま永遠の別れとなってしまっても、歳下のクズに浮かされて丸裸になっても、安アパートに住み、シフト入れまくってやっとこ生活していても、青砥のなかで須藤の値段は下がらない。

「なんだ、これは」

声が出た。

「なんだってんだ、これは」

笑いながら、腕を伸ばした。携帯を取る。二時二十四分。須藤からの連絡はなかった。既読もなし。それで、テレビをつけた。神奈川の知的障害者施設での大量殺人事件の続報が伝えられていた。底が抜けたような笑顔の犯人の顔写真にかぶせて、彼の主張が紹介される。

　しばし見入った。怒りや驚きや恐れが青砥になだれ込み、びょうびょうと吠えたてた。ひとが腹のなかでなにを思うかは自由だ。腹のなかでならどんなことを考えてもいい。何人殺してもいい。でも実際にやっちゃだめだ。どうしてもだめだ、と、結局、そう思った。

　台所に立った。コップに氷を入れ、ぬるい缶コーヒーを注ぐ。シンクに腰をつけ、飲んだ。洗濯機に目がいった。マンションを売ったとき、息子たちを呼び、家具や家電を選ばせたことを思い出す。

　二十六と二十四の兄弟はそんなに欲しがらなかった。二十六は独り暮らしだし、二十四は学生時代からの恋人とのふたり暮らし。家族向けの家具や家電は手に余るようだった。

「あのひとが、なんか、欲しそうなこと言ってたよ」と二十六が言い、二十四が「冷蔵庫とー、洗濯機とー、テレビとー、ヘルシオとー」と母親の口真似をした。

　元妻は実家に住んでいた。兄が継いだ家業の天ぷら屋を手伝っていた。「彼氏ができたっぽくてさ」と二十六がツーブロックの刈りあげ部分を揉むようにし、「こないだ『ゼクシィ』買ってたわ。よーやるわ」と二十四が腕組みした。相手は店の常連客だそうである。あくまでも推測だが、「相談」に乗ってもらっているうちにそうなったのだろう。

　テレビの音は聞こえてきていた。

ふと、母を訪問しようかと思い立ったが、すぐ取り消した。毎週日曜に通う習慣を、なるべく崩したくない。入所したころは、おぼろではあったが「日曜は健将がくる日」と覚えていた。いまやひとり息子の顔も忘れてしまったが、習慣は変えないほうがいいと思う。

唐突に、死ぬなら普通がいいな、と思った。なにをもって「普通」とするのかは曖昧だが、少なくとも歳をとって、病気で死ぬのは普通だ。父は、歳はとっていたものの、突然だった。ゆっくり別れるのがいいんだろうな、こっちのダメージ的に、と見送る者として考え、あんまりゆっくり過ぎるのもなぁ、とどっちつかずの立場で首をかしげた。よきところで逝きたいものだ、と見送られるほうに立ち、「よし、トコヤにでも行くか」とコップを調理台に置いた。和室に戻り、テレビを消し、携帯を手に取る。須藤からの連絡はなかった。

駅近くの理容室に行った。初めて行く店だった。いつも行く店は須藤のアパートから遠い。

ドアを開けたら、まず、涼しさが出迎えた。つづいてトコヤのいい匂い。「いらっしゃいませ」の声にひょこひょこと首を下げながら入ると、待合スペースに男子中学生が三人いた。二台の椅子に腰かけて、布を巻かれているのも仲間のようだ。

待合スペースの三人は、仲間がバリカンで頭を刈られるようすをヒーヒー笑いながら見ていた。動画を撮っている者もいた。いじめか？　と一瞬身構えたが、「次、ナントカな」、「その次オレ」といかにも変声が終了したばかりという声で言い合っているところから、五人揃って丸刈りにする計画なのだと知れた。「気合いだ、気合いだ、気合いだ」とひとりが拳を上げ下ろしした。部活かなにかの大会が近いのだろう。

あるいは、受験勉強に本腰を入れるとか、と、待合スペースのソファに座った青砥に、理容師が「ご記入お願いします」と顧客カードを持ってきた。丸刈りを中断されたひとりが仲間に向かって白目で格好いいポーズをとり、それを残る三人がめいめい携帯をかまえ、「腹痛え」とか「ハゲあるし」とか「もうこのままでよくね？」と大爆笑しながらカシャカシャ写真を撮った。「なんか活気あり過ぎですみませんね。あ、記入終わったらレジんとこに置いといてください」と理容師が椅子の丸刈りに戻り、「はいはい」と彼の頭を鏡に向けさせた。

ほころんだ口元のまま、顧客カードに記入した。受験勉強の気合い入れだとすると、中三か。書き終え、レジに持って行く。ソファに戻るさい、三人の中学生たちがあらためて目に入った。当たり前だが、三人とも顔立ちがちがった。背丈もバラバラのようだ。色が黒いのも白いのもいる。だが、どの頬も肌理細かで、なのに風にさらされたような野趣があった。

少年だな、とソファに腰を下ろす。息子があのくらいの歳のときもそう思った。現実の中学生は、中学生だったころにイメージしていた自分よりもはるかにこどもだ。あのころ、青砥は、大人とまではいかないが、そこそこイッパシのつもりでいた。自分だけでなく、同級生や同世代の芸能人も、そう見ていた。小学生を幼いと思い、自分にあんな時代があったことはちょっと信じられなかったが、慕わしさと懐かしさを覚えた。

江口たちとモテる感じで振る舞っていたのが、いまのこいつらと同じころ、と思えば、照れくさくて、こめかみをボリボリと掻きたくなる。おそらく「おれら、モテちゃってる」という意識が漏れまくっていたことだろう。だっさ。その後もその意識を引きずって、ディスコでブイブイいわせた気でいたのだから、けっこうなイタさだ。

須藤の頬に頬をくっつけた場面がよぎった。

場面のなかの須藤は白いブラウスを着ていた。裾を紺色のスカートに入れていて、そのあたりが少しふくらんでいる。スカートは膝より少し下の長さで、細い脛に白い靴下。短めのおかっぱの横の毛を耳にかけて、青砥を見上げていた。顔も服装も中学生だったころの須藤だったが、それは、あのときの青砥が見ていた須藤であって、きっと実際の須藤ではない。須藤はもっと幼かったはずだ。

だが、須藤は太かった。これはたしかだ。それから数日後に飛ぶ青砥の記憶では、須藤に特段変わったようすは見られなかった。動揺がおさまらず、おっかなびっくり盗み見ていた青砥の目に映る須藤の顔はつるりとしていて、あの一件の名残すらなかった。またしても記憶が飛び、「青砥」と後ろから声をかけられた場面が浮かぶ。視聴覚室かどこかへの移動中だった。振り向くと、須藤がいた。「落ちてた」と三角定規を差し出す。コンパスで「アオト」と名前を彫り、そこに青鉛筆で色をつけた三角定規だ。それを「おぉ」と受け取った、というところで気づいた。

須藤がおれを呼び捨てにし出したのは、あれが最初じゃなかったか。その前までは「くん」付けだった。残念なことに、ほかの男子もみんな呼び捨てにされたのかどうか覚えていなかったが、きっとおれだけだったと思えてならない。

携帯を取り出した。須藤からの連絡は届いていなかった。おそらく既読もついていないだろうから、ＬＩＮＥはひらかなかった。三時半。いくらなんでも検査は終わっているだろう。病院を出て、その近くの歴史ある商店街をぶらついているにちがいない。「お赤飯のおいしいお店があるんだって。あと、若いひとがやってる古着屋さんとか」と昨日のＬＩＮＥで言っていた。青砥と会うのは、夕食がてらの六時前後と踏み、時間が近くなったら連絡すればいいと思っているのかもしれない。

YouTubeをひらいた。動画を検索する。ある出版社が、絵本ができるまでの製本所での工程を動画に撮り、紹介したことがあった。プロモーションの一環だった。何年前だったかは忘れた。青砥が都内の製本会社で働いていたころの話で、その動画に、青砥も少しだけ映っている。すでに削除されたかもしれないと思いつつ、検索ワードを少しずつ変えて試した。あった。音を消し、八分程度の動画を見る。

トラックで届いた刷了をフォークリフトで工場に運び入れるところから始まった。パレットから断裁一回ぶんの用紙を移動し、紙揃えをしているのは浦井。断裁機で余白を切り落とすのが青砥だった。腕と背中と後ろ頭、ときどき横顔が映る。

若いな、というのが率直な感想だった。髪型も体重も変わっていないのだが、からだつきにどことなしの若さがある。三十代後半で落ち着き始めた青さがまだ匂っているようだった。たしか離婚するかどうか揉めていた時期だった。心身ともにくたびれて、めっきり老け込んだ気がしていたのだが、そんな気配は見当たらなかった。動画のなかの青砥は淡々と仕事をしていた。

正面の顔が映るのは、最後の全員で絵本を持っているシーンだ。ヘイちゃん、丸尾、水口さん、羽柴さん、浦井……。撮影者に何度も「笑って」と言われたが、みんな、上手に笑えなかった。集合写真のようなものなので、どの顔もちいさい。おまけに少しぼやけている。青砥の表情もはっきりしなかった。映像を止めてみたら、さらにぼやけた。呆然（ぼうぜん）としているように見えた。手を動かしているとき以外は、こんな顔をしていたのかもしれない。

「ちょっと緊張しちゃった？　青砥、よく笑うほうだよね」

くくく、と笑う須藤を想像する。今夜、須藤に見せるつもりで探した動画だった。

それからツードッツというパズルゲームで暇を潰した。置いてあった雑誌や漫画を読んだりもした。中学生軍団は波はあるものの興奮状態を維持していた。丸刈りは、案外、時間がかかるようだ。なかには「バリカンを使わないでください」と注文をつけるやつもいた。「出た、こだわりの丸刈り」とギャラリーが沸き、「バリカンを使わないでください」がたちまちその場の流行語となった。やつらのようすがあんまり愉しそうで、青砥も丸刈りにしようかとちょっと思った。「いや、トコヤに行ったら中学生五人が次々と丸刈りにしたんで、つい」と五分刈りの頭を撫でたら、須藤に受けるだろうか。

五時を過ぎた。椅子で丸刈り中のひとりが終われば、青砥の番だ。微妙な時間になっちやったな、と思ったら、携帯が震えた。須藤からのＬＩＮＥだった。「ごめん、七時でいい？」と書いてあった。

「ん？」とかすかに声が出た。首が少し前に出た。どうということのない文面なのに胸がざわつく。これを打ち込んだとき、たぶん、須藤は笑っていない。

須藤にかぎらず、ＬＩＮＥを読むと、投稿者の顔が見えるような気が、青砥にはする。(笑)とつけてなくても、笑顔がありありと想像できるし、(笑)がついていても、真顔だな、と「分かる」。青砥がＬＩＮＥを交換しているのは親しい間柄のひとたちだけだからかもしれないが、どのＬＩＮＥも、たとえ文字だけであっても、のっぺらぼうではない。

「了解。お疲れ様っす！　実は今散髪屋。多分その頃終わるからちょうどいい」

少しだけ考えて、そう返信した。「なんかあったか？」と送るほどのざわつきはもうなかった。たしかに、須藤のＬＩＮＥを目にしたときは、反射的に胸のうちで無数の毛が起き上がり、ざわざわと揺れた。それがじょじょに動きを止めた。とはいえ、毛はまだ起きていた。

親指で画面を下に引っ張り、確認したい箇所を探した。ふたりのやりとりはそう多くない。わりあいすぐに見つかった。

日曜夜のトークだった。前日の土曜、深い時間まで酒を飲み、思いのほかこころをひらいてしまったきまり悪さを少々残した青砥の問いかけから始まる。

「ところで、なんで検査することになったんだっけ」

「内視鏡のこと？　言わなかったっけ」

「確か（笑）」

「売店で定期的に検便するんだけど、そこで潜血が発覚し、検診受けたら要精検になった」

「検便、あるんだ（笑）」

「食べ物扱うから（笑）」

「自覚症状とかなかったのか？」

「あった。なぜすぐ病院行かないんだ、とか言わないでよ（笑）」

「言うよ（笑）。おれは行ったからな。言う資格がある」

「その前にも血便的なものはあったんだよ。しばらく続いたような気がする。でも引っ越したら止まったから、ストレスだと思った」

「大ストレス時代だったからな（笑）」

須藤がぐったりとうなだれるウサギのスタンプを送ってきて、青砥が、ウンウン、分かる分かるとうなずくクマのスタンプを送り、打ち込んだ。

「痔（じ）かもしれないしな（笑）」

「実は……（笑）」

「マジか（笑）」

「要精検で行ったクリニックで触診したら発見された」

「え、もう精検してるんだ」

「うん。カメラの予約が取れなかったんだ」

「二段構えか」

「時間空いたから面倒くさくなっちゃったけど、この際、徹底的に調べてもらおうと！」

「だな。それがいいよ」

親指を立てる丸顔のキャラクターのスタンプを送ったら、「ありがとう。でも青砥の結果発表のほうが断然重い」とポンポンを手にジャンプするクマのスタンプが送られてきた。敬礼する長髪の男のスタンプを送り返し、このときのやりとりが終わった。

胸のうちで起こった毛が揺れ始めた。その振動が伝わってくる。ふたたび画面を下に引っ張り、やりとりを読み直した。

内視鏡検査を急がされなかった点を安心の手がかりにした。連絡と、今夜落ち合う時間が青砥の想定より遅れたのは、検査を終えて解放感に包まれた須藤が商店街の散策をぞんぶんに愉しんでいたから、に落ち着かせた。となると青砥との約束を須藤は忘れたか、放っておいたかになり、それはそれで、まったく、ぜんぜん、いい気分ではなかったが、とにかく連絡はきたのだから、とりあえずよしとしようと、そちらのほうにきもちを持っていった。

散髪を終えた。駅前のスーパーに寄る。惣菜をいくつか選び、天丼をカゴに入れた。二割引になっていたし、海老やカボチャや白身魚の天ぷらに甘じょっぱそうなタレがかかっていて、うまそうだった。揚げ物は見ただけで胸がムカムカしていたのに、生検の結果が異常なしと出た途端にこれだ。現金というか、単純というか。飲み物も買った。発泡酒のロング缶を一パックと、焼酎と、ウーロン茶。会計を済ませ、割り箸を二本もらった。ふたつのレジ袋に分けて入れ、片手で持つ。自転車の前カゴに入れ、須藤のアパートに向かった。

空はまだ明るかった。昼間の空に薄い布をかぶせたような明るさだった。ねずみの毛みたいな灰色が四方にたなびいていて、それが勢力を広げていた。日中ほどではなかったが、まだ暑かった。切りたての髪が向かい風に煽られた。トコヤのいい匂いがした。風は依然としてなまあたたかだった。それでも少しはましになっていて、爽やかと言ってよかった。

須藤のアパートが見えた。車の往来がやむのを待って道路を渡り、近づいたら、須藤が見えた。外階段の下にある集合ポストに向かって、ちょっと膝を曲げていた。長めのスカートを穿いていた。裾の広がった、藍色か、黒の。上は丈の短いシャツだった。色は白で、いちばん上までボタンを留めているようだった。ポストの扉を開け、チラシらしきものを取ったところで到着した。「よぅ」と声をかけたら、須藤はビクッと肩を震わせた。そろそろと振り向き、「ビックリしたぁ」と胸をおさえた。息をつぎ、「青砥か」と背筋を伸ばす。スタンドを蹴り戻し、自転車を降りる青砥に言った。

「異常なしだったんだって？」

「なぜ知ってる」

青砥の前カゴからレジ袋を取り出す手が止まった。

「ウミちゃんから。ＬＩＮＥで」

売店が管理している自動販売機の売り上げが合わないと問い合わせがあり、そのついでに伝えられたらしい。「あぁ、そう」と気の抜けた声を出し、青砥は前カゴからレジ袋をおろした。なんというか、さすがウミちゃんだ。あのとき青砥が言った「がんばっちゃうかな」も間違いなく伝達済みだろう。べつにいいけど。

「おまえのほうはどうなの？」

さらりと訊いた。視線がなぜか斜め下にいった。「遅かったじゃんよ」と目を須藤に戻す。須藤は顎を起点に首をちょっとかたむけた。眉間に浅く皺を入れ、訊いた。

「青砥はさ、なんでわたしを『おまえ』って言うの？」

「『なんで』って」

意表を突かれ、口ごもった。考えてみたこともなかった。

「友だちだからじゃないか？　おれ、昔っからの知り合いはみんな『おまえ』だわ」

喋りながら答えを探した。例外はなかったような気がする。須藤は「ふぅん」とすぼめた口をひらき、空気を飲み込むようにしてから閉じ、そして言った。

「わたし、ちょっとやばいかも」

「なにが？」と訊ねた途中で意味が分かった。須藤がうなずく。外階段の手すりを掴み、一段上った。顔だけ振り向かせて「妹と協議してた。手術になったら、身内のサインいるし」と言った。「だから、遅くなった」と顔を戻し、「話し込んじゃった、妹と。なんだか知らないけど、それ以外の話題で。あーでもないこーでもないって」と若い娘のように、しなやかに軽く、階段を駆け上がった。

五「痛恨だなぁ」

七月二十七日水曜。須藤が都内のクリニックで内視鏡検査を受けた夜だった。

テーブルには惣菜や天丼が並んでいた。それらを須藤がテンポよく口に運ぶのを青砥は見ていた。須藤は酒も飲んだ。発泡酒から焼酎のウーロン茶割りに移行し、顔を赤くさせていた。

医師はプラスチック板に下げた画像を指差し、「悪性の可能性がきわめて高い」と言ったそうだ。その腫瘍には須藤も気づいていたらしい。内視鏡検査の途中で、医師はモニターに映ったそれをじっと見たという。わりあい長い間をとったそうだ。そのときの医師のようすを須藤はこう説明した。

「青砥、まじろがずに見る、って言葉、知ってる?」

「いや」

「瞬きもしないで見るって意味。その言葉を思い出したよ」

モニターは須藤の足元にあった。検査台に横向きで寝ている須藤の後ろに医師が立っていた。モニターに映った「貝のミみたいにベロベロしたカリフラワー風のもの」、おまけに「ジュクジュクと血が染み出てるっぽい」のを認めた須藤は、「もしやアレでは」と直感した。少し首をひねり、目を動かして、医師のまなざしを探り、「これはアレだ」と確信したらしい。

「きたなー、って思った」

ついにきたかとか、きちゃったかとか、くるもんなんだなとか、ひとごとみたいな感想が「流れ星みたいに落ちてきた」と言った。

病院を出た須藤は、ケンタッキーフライドチキンでチキンフィレサンドとポテトを食べたそうだ。「正式発表されたら、ジャンクなものは禁止されそうな気がして」と収納棚にもたせかけていたトートバッグからカップ麺を出し、見せびらかすようにした。「普段はそんなに食べたくないんだけど」と立ち上がり、流しで湯を沸かした。すでに腹がいっぱいだったらしく、カップ麺はほんの少ししか食べられなかった。「残りは青砥にあげる」と箸を置いた。あーでもないこーでもないと須藤が妹と話したことの断片を聞きながら、青砥は、発泡酒を飲み、テーブルの上に載ったものを、ちょっと無理してたいらげた。

そのとき、須藤の話した内容はほとんど記憶に残っていない。もう一度聞いたら、前にどこかで聞いたな、と思うかもしれないが、いまは思い出せない。青砥の頭に淡い色彩で残っているのは、こどもだった須藤姉妹が元気に手あそびをしたり、力を合わせてフルーチェをつくったり、プンとふくれてそっぽを向き合ったりしているようすだったので、きっと、そんな話を聞いたのだろう。

八月一日月曜。須藤は県内他市の総合病院を受診した。

内視鏡検査を受けた都内のクリニックから紹介された病院だった。「ご自宅に近いところがいいでしょう?」と担当医師が勧めたらしい。

その夜は会わなかった。声は聞いた。「やっぱりがんだった。疲れた」とＬＩＮＥがきて、電話を入れたのだった。須藤は「大丈夫」と「ありがと」の二語を低い声で繰り返し、「今日はちょっと……」と口ごもった。フッと鼻息が携帯にあたる音がし、「いま、妹いるから」と照れくさそうに告げた。そういう事情で、くわしくは聞けなかったが、おおよそのことは分かった。

総合病院の医師は、須藤が持参した画像写真を、そんなに長い時間はかけなかったが、やはり「まじろがずに見て」、「進行性の大腸がん」と診立てたらしい。「まず間違いないんだって」と須藤が言った。そばにいる妹に聞かせるようにつづけた。

「うまく言えないんだけど、わたしだけじゃないんだな、って思った。お医者さんの口から出た『がん』は、言い慣れてるひと独特の無色無臭の『感じ』があって、わたしたちが口にするときにどうしてもくっつく色や臭みがなかったんだよ。シンプルに数ある病気のひとつのようだった。でも『しまっていこうぜ』みたいな、これから試合が始まるみたいな、なんかそういう緊張感があって、今日からわたしは多くのがん患者のひとりなんだ、と思った。思っただけだけどね。ちょっと思ったら、どこかにいっちゃったけど」

なんせ本人だからねぇ、と須藤は語尾を伸ばし、「帰りに本を買ってしまいましたよ」と、おそらくトートバッグをゴソゴソしてから、「患者必携　がんになったら手にとるガイド　普及新版」と書名を読み上げた。「学研ですよ。『科学』と『学習』でお世話になった」と少し笑った。


八月二日火曜。夜七時半に駅前の焼き鳥屋で待ち合わせた。

須藤は時間に遅れてきた。遅番だと聞いていたので、閉店間際に面倒な客が来たかと思って待っていたのだが、ちがった。須藤はワンピースであらわれた。貫頭衣みたいなブドウ色のワンピースだった。なかに着ていた黒っぽい、下着のようだけれどたぶん下着じゃないものがうっすらと透けていた。ときどき細い紐が肩から滑り落ち、須藤はそれを服の上から直した。話をつづけながら、滑り落ちたほうの反対側に首をちょっと倒し、なんでもないように直した。

須藤はビールを一杯飲んだ。もう一杯飲みたそうにして、財布から折り畳んだ紙を出し、広げ、青砥に見せた。受け取ると、クリーム色の便箋だった。表が書いてあった。細かい字だった。便箋を離してみても、読めなかった。

「青砥、老眼鏡持ってないの？」

「会社にあるよ。家にも一個あるし」

あーそういうのね、と須藤がメガネケースを差し出した。ＹＳＬのロゴがあった。

「バカ買い時代の産物」

と串から外したササミを口に入れ、咀嚼した。

「それもか？」

ワンピースを指差すと「着るのは初めてだ」とさっぱりと微笑し、目の玉が飛び出る身振りをした。高い買い物だったらしい。「ずっと着ていないと新しい服の匂いがしなくなるね」という声を聞きながら、メガネをルーペ代わりにして表を読もうとしたら、「かければいいのに」と言うので、「広がっちゃうだろ」と返した。須藤は両手の親指とひと差し指を広げ、青砥の顔の大きさを測り、「そんなに大きくないよ」と言った。「ちいさくはないけど、大きいほうではない」と言い直し、青砥の顔を測った両手に自分の顔をあてはめてみて、「やっぱデカいわ」と笑った。

「おまえがちっさいだけ」と読み始めた表には、縦軸に「穀類」、「肉・魚・加工品」の大まかな食品分類、横軸に「好ましい食品」、「注意する食品」が採られていて、それぞれのマス目に「お粥（かゆ）、柔らかいご飯」、「お赤飯、玄米」など、びっしりと食品名が書いてあった。「嗜好品」部門に登場するアルコールは「注意する食品」だった。

「ただし、それは、手術後の話で」

ドリンクのメニューを見ながら須藤が言った。

「現時点ではオッケーかな、と」

「やめといたほうがいいんじゃないの？　なんのために書いたんだよ、これ」

「注意喚起、かな。なんか気分が高揚して」

どんよりしつつも昂（たか）ぶる感じ、分かる？　と須藤。保険給付金の手続きを調べて金額を書き出したり、手術費や検査費用や入院費用をだいたいのところで多めに見積もり、それも書いて引き算したり、高額療養費制度を調べたりしていたら、「とても忙しく」なったそうだ。「がんということを一瞬忘れるくらいに」。「絶対に忘れないんだけど、そんなふうに」。

結局、須藤はもう一杯飲んだ。翌日は早番だというので、アパートまで送って別れた。

須藤が手術のため入院するまで、青砥が明確に日にちを覚えているのは、その三日だけだった。そのあいだ、何度も会ったが、日付は覚えていなかった。回数も不明だ。頻繁に会いに行った。夜、ベッドに入り、ひとりであれこれ考える須藤を想像したら、たまらなかった。

青砥のなかで、須藤の考えるだろう「あれこれ」に具体性はほとんどなかった。あるのは、煙のように浮かんでは消える「あれこれ」を吸い込んでふくれあがった須藤を、待ち構えていた恐怖がひと飲みするといった感覚的なものだった。それは、青砥が夜、ベッドに入り、ひとりであれこれ考えるときの感覚によく似ていた。

だれかと会って話すと、気晴らし程度にはなるはずだ。「あれこれ」の時間はなくならないだろうが、合間に「あいつ、あんなこと言ってた」というような思い出し笑いが挟まれたら、ちょっと、いい。青砥は須藤を笑わせたかった。ただ会いたいというのもあるが。

「行っていいか」とLINEを送ると、「いいよ」かOKAY!のスタンプが返った。「ごめん」と断られることもあった。横たわるクマのスタンプがつづけて送られてきて、疲れているんだな、と察した。もちろん、ひとりでいたいときもあったはずだ。

須藤のアパートに行くときは食材を買うようになっていた。「行っていいか」のあと、夕食の相談をした。須藤に言われた大根やネギなどを買い込み、ふたりで料理した。狭い台所だったので、ふたり立っての作業は難しかった。青砥は第一の和室のテーブルの上でネギを刻んだり、ササミの筋をとったりした。須藤が遅番のときは、売店で売れ残った弁当を食べることが多かった。売れ残りの弁当は廃棄処分が原則だが、「みんな、しれっと持って帰る」そうだ。

弁当が夕食の日でも、須藤は味噌汁をつくった。汁の実はキャベツだった。須藤は毎日、キャベツかブロッコリーを食べた。がんにいい食物らしい。ほかにもあるようだったが、須藤はアブラナ科の食物に的を絞った。「そんなに手を広げられない」と言っていた。

須藤は詳しい病状を言いたがらなかった。

青砥が知りたいのは、要するに、それは治るやつなのかどうか、だった。

「あれこれ」考える一環で、携帯でもって「進行性　大腸がん」と検索したら、ステージ分類上では早期ではないようなことが書いてあった。須藤は元気だった。食欲もあるし、痩せてもいなかったし、表情に力があった。貧血の薬を服んでからは、だるさが取れたと言っていた。「だるかったのかよ」と言ったら、「少しくらいの不調はすべて『更年期のせい』で説明がついちゃうんだよねぇ」と答えた。ほかにも具合の悪いところがありそうだった。

がんについて、須藤は全部を言っていない感触があった。核心をはぐらかされているようで、もどかしかった。言わないから訊けないのか。訊かないから言えないのか。青砥が須藤と親友だったら、たぶん、こうではなかっただろう。恋人同士でも、こうではないはずだ。

この関係をどう扱ったらいいのか、どう名付けたらいいのか、棚上げしているうちに、須藤を大事に思うきもちのカサが増えていった。

がんの話題に差しかかると、繊細なムードになった。ロマンチックな味わいはなかったが、青砥が須藤に「おまえさ」と呼びかけると、ひどく愛しい、自分だけのものに呼びかけるようなニュアンスが生じた。須藤は眉間に皺を寄せ、苛立たしげに地面を蹴るような顔つきで「なんでやねん」と独りごちた。大阪出身の「前の男」が不意にあらわれ、猛烈に焼けた。須藤を手荒く扱いたくなるような衝動に駆られた。

それでその話題はうやむやになり、青砥の「要するに、それは治るやつなのかどうか」はどこかにいってしまった。そんなこと、もしかしたら、だれにも分かんないんじゃねぇの？　と思うようになっても、問いは残った。どれくらいの分があるのか、知りたかった。

それもほんとうのところ、答えられる者はいないのかもしれないが、分は希望だ。ないとおさまりが悪い。

あれはいつだったか、と控えておかなかったことを薄く悔やむことがあった。須藤と会った日をカレンダーにでも書きつけておこうかと思ったこともあったが、やめた。思い出の準備をしようとしているような縁起の悪さを感じた。もとより青砥はまめな性質ではない。女と会った日を書きとめておいたことは一度もない。いままでの自分がしそうにないことはしたくなかった。これも縁起の悪さにつながる。

思い出したいのは、ストーマという言葉を初めて聞いた夜だった。腫瘍の切除とともに、そいつをこしらえると聞いた。腫瘍の位置が肛門に近いので、ストーマ造設となるらしかった。ストーマとは人工肛門のことと知り、ヒュッと息を飲んだ。「って、おまえ」と口が動いたら、腹筋がへこんだ。

「分かるよ、青砥」

須藤が言った。

「インパクトあるよね」

わたしもだいぶ衝撃だったよ、と欧米人みたいに肩を上下させ、

「このへんらしいよ。まだ確定じゃないけど」

とヘソの斜め下を指差し、つぶやいた。

「こーもん」

「こーもん」

繰り返したら、ちがうものに聞こえた。肛門、と漢字を思い浮かべた。

「おまえ、それ、いつ聞いたの？」

「少し前、かな」

「少し前か」

「序盤から匂わせられてはいたけど」

「匂わせられてたんだ」

「かもしれない、って話だよ」

「いいよ、もう」と青砥は切り上げた。そういう重要なことはもっと早くに言ってくれてもいいんじゃないか。おれ、そんなに頼りないか、という言葉を飲み込み、ひと呼吸置いた。

「よくあるだろ、もう一軒べつの病院でみてもらうとかさ。そういう選択肢ないのか？」

「それ、妹も言ってたけど」

須藤がそろりと座り直した。須藤のアパートにいた。たしかイワシの煮付けを食べた。その日のキャベツはチーズをかけて温めたものだった。須藤はいつもの場所で横座りをしていた。座り直したついでに片方の肩を落とし、首をかしげたので、全身がS字になった。

「べつにいいじゃん、ストーマ。そんながんばって肛門残して無理がくるほうがやだな」

人、工、肛、門、と空中に字をかき、静かに言った。

「青砥はさ、言葉のインパクトに引きずられてるんだよ。よく知らないのにさ。わたしも最初えーって思ったから、ひとのことは言えないけど。治療なんだよ。出口変えるだけだよ」

それ以上でも以下でもないと言いたげだった。たちまち繊細なムードになった。繊細で、微妙なムードだった。須藤の目を見ていたら「そこまでしないと助からないのか」だったのだが、青砥のこころを占めていたのは「そこまで」の「そこ」のラインが下がっていった。下がるにつれ、須藤との距離がひらいた。須藤の目は冷たく澄んでいた。須藤を大事に思うきもちが揺さぶられた。しょせん、親友でも恋人でもない。

「まぁ、そうだな」

言ったら、アイドリングの感覚がよみがえった。走り出してしまうかもしれない。

「おれも勉強するわ」

須藤の顔が緊張した。真意を測りかねるというふうにゆっくりと顎が上がった。

気にしないから、気にするな。そう青砥は言いたかった。言わなかったのは、ストーマにかんして無知だったせいだ。須藤は気にしていない体でいた。ただし、それは、ストーマをこしらえる件にかんしては、だ。ストーマをこしらえた自分が青砥の目にどう映るかではない。青砥が「気にするな」と言いたい先は後者の須藤のきもちだった。須藤はそこを気にしているような気がした。ストーマがどんなものかはまだ知らないが、青砥にとって須藤は須藤だ。損なわれるはずがない。確信はあるのだが、口にしなかったのは、たぶん、歳を重ねることでいつのまにか培われた慎重さゆえだった。

「今日、ウミちゃんに話したんだ」

須藤は話題を変えた。ずいぶんとさりげなかった。

「ふたりとも早番で。店でお弁当買って、仕事が退けてから公園に行った」

「あの公園？」

須藤がうなずいた。青砥が須藤と再会した日に行った場所だ。鉄の棒で出来上がった骨組みだけの飛行機があった。胴体が緑で羽が黄色だ。

「売店、辞めようと思うって言ったら」

「辞めるのか？」

「辞める。迷惑かけるから。手術のあとは抗がん剤治療だし。どのくらいキツいのか謎だし。たとえば一ヶ月休ませてもらえても、一ヶ月後にフルで働ける状態になっているかどうか分からない。もう一ヶ月延長、やっぱりもう一ヶ月ってなったら、みんなに負担をかける。ギリギリの人数で回してるからね。一応三ヶ月までは休職可能みたいなんだけど」

「三ヶ月休んで、まず時短勤務でようすをみて、イケそうだったらフルにして、無理っぽかったら、また三ヶ月休むとかは？」

「本調子になるまでそれを繰り返すの？」

そんな都合のいい、と須藤は少し笑い、「言っちゃえばだれでもできる仕事だし、パートだし。いつ働けるようになるのか分かんないヤツを待つより、新しいひとを採用したほうが早いよ」

「じゃあ、三ヶ月。とりあえず三ヶ月休んで、それから辞めるかどうか決めれば？」

「だから、そのあいだ、みんなの負担が増えるんだって。わたしが戻ってくるという前提だからって、ワンポイント的にパートさんを採用するわけにもいかないでしょ。やっと慣れたと思ったらサヨナラなんて失礼だよ。それにワンポイントできたひとは、たぶんだけど、仕事覚えようとしないよ」

「だれでもできる仕事なんだろ？」

茶化したら、須藤は、

「それでも覚えることはけっこうあるんだよ。紙に書いて覚えること以外にもいろいろ」と、少しムキになった。「病院だからお年寄りのお客さんが多いんだよ。普通に車椅子乗ってたりするしさ。見たことのない装具をつけているひともいるし」と言いかけ、口をつぐんだ。でも、もう辞めるんだ、というふうに唇を結び、ふうっと長く息を吐いた。

「余裕を持って半年ぐらい休めれば、きっと、かなりいい感じで復帰できると思うんだけどなぁ」

「そうなんだ」

青砥は応じた。上の空のような声になった。ああ、そうなんだ、と腹のなかで再度言った。

顔がゆるんだ。

須藤のがんは「治るやつ」だとの心証が広がった。ぐっと控えめに言っても「治る見込みのあるやつ」だ。須藤が復職する気でいる、というのがその証拠だ。目安は半年後で、それまでに須藤はいい感じのところまで持っていけると思っている。なによりそれがいちばんだった。須藤は、治して働く気でいる。胸に明るさが増してくる。

抗がん剤治療の件は初めて聞いた。なんでもっと早く言ってくれないんだよ、と拗ねるような落胆はちいさかった。胸のうちの大半が、なんとか耐えて、うまくいってほしい、で埋まっていた。そこを乗り越えたら、ひときわ明るい明るさがやってくる。

「辞めるって言ったら、ウミちゃん、すごく驚いて。急だったしね。『ちょっと事情が、実は親が……』って誤魔化そうとしたんだけど、『だれかにいじめられたの？』とか『前にナントカさんと合わなくて辞めたひとがいて』みたいな話をし始めてさ。なんか面倒くさくなって、病気のこと言っちゃった」

須藤は検便で判明した潜血を調べた結果、痔だった、としていたらしい。ウミちゃんはひとしきり病状をくわしく聞きたがったが、須藤は切除の手術をすると短く答えたそうだ。

「たぶん、今夜中にＬＩＮＥでみんなに回ってると思う」

須藤は軽く握ったこぶしを鼻にあてて下を向き、肩を揺らした。

「間違いないな」

青砥も笑った。ウミちゃんの「答え合わせストーリー」にいっそうの厚みがくわわった、というわけだ。おそらく、ウミちゃんの知り合いにはもれなく伝達されるだろう。

「お見舞いに来てくれるって言ったけど、断った」

ウミちゃんは「ハコらしいね」と簡単に引き下がったそうだ。「あっけなくて、ちょっと脱力した」とくすくす笑う須藤は鈍感なほど無邪気に見えた。

「おまえ、なんでウミちゃんに『辞める』と言ったんだよ？」

「元同級生のよしみで親切にしてもらったからねぇ。わたしが働き出したころ。わたしも知ってるひとが職場にいて心強かったし」

須藤は口を閉じたまま笑い、言った。

「ウミちゃんてさ、ひとの話もするけど、自分の話もドンドンするんだ。とくに興味なくてもついプライベートなことを訊いちゃうことってあるでしょ。そしたらその十倍くらいの分量の答えが返ってくるんだ。言っちゃナンだけど、とくに面白みのない話をね、たっぷり。ウミちゃんのそういうとこ、ちょっと羨ましいんだよね。わたしはウミちゃんからすると『秘密主義』になるらしいよ。あと、噂話をフンフンって聞き流すと『カッコつけちゃって！』とか『だから友だちいないんだよ』とか中学生だったときみたいに叱られる」

と柔らかな表情で青砥を見た。

「友だち、いないのかよ」

まーおれもしょっちゅう会うやつはいないけどな、と腕組みした。友人付き合いのようなものでいえば、ヤッソさんやほかの会社の同僚とごくたまに飲む程度だった。

「誘えばごはんに付き合ってくれるひとならいないこともないよ。誘ったことないけど」

結局、ウミちゃんとか売店のひとたちが友だちってことになるのかな、と須藤はジーンズの腿のあたりを両手で払った。

「中学のときは中学に、高校のときは高校に、大学のときは大学に、会社員のころは会社に、奥さん時代はパート先に、そういうひとはいたよ。みんな、いまでもほそぼそとつながってる」

須藤は細い糸を縒り合わせる手振りをした。「こどもがいたら、ちがったのかな」と独りごち、「今後に期待だ」と大きめの声を出した。なにか言いかけた青砥を制するようだった。

「夕方、エリアマネージャーに電話したんだ。退職しますって。事情を話したら、復職できるようになったら連絡ください、って。いまと同じ店じゃないかもしれないけど、働けるようにしてくれる、って。そう言ってくれたんだ」

「いいひとだな」

即座に言った。須藤の周りに「いいひと」がいると嬉しい。

「うん、そう。そうなんだけど、そのときになってみないとなんとも、なんだよね。ストーマで接客業ってどうなのかなぁ、と。音とか臭いとか。交換するときの離席とか」

青砥はピンとこなかった。ストーマは、音がして、臭いがあって、おそらく頻繁に交換するらしい、と知っただけだった。断片とも言えないようなカケラだった。なんの音なのか、どの程度の臭いなのか、なにを交換するのか、分からなかった。ただ、ひどくリアルだった。

「でも、売店でまた働けたらいいいな」

すごーくいいいなぁ、と口を横に引っ張って笑んだ須藤の顔がこどもみたいに丸くなった。「慣れてるしな」と言うと、「それもあるね」と顔を斜めに持ち上げて、黒目を青砥に向けて動かした。

「同じくらいの歳のひとが同僚ってラクなんだよ。細かい字が読めなくても、新しいシステムをすぐ覚えられなくても、バカにしたりしないで『一緒、一緒』って励まし合えるし、助け合える。モテるとかモテないとか、そういう小競り合いもないし、自分が訊かれたくないことは訊かないし。申し送りを書くノートがあるんだけど、『二十歳前後のお嬢さんが傘を忘れました。取りに来られたらお渡ししてください』なんて書いてあるんだよね。『お嬢さん』って書き方、おばちゃんぽくて可愛くない?」

ウミちゃんは少しちがうトコあるんだけど、でもそれだって、なんか欠かせない存在って感じするよ、と須藤はその日もっともきれいな笑顔を見せた。

八月二十一日日曜日。入院の前日、須藤は売店を辞めた。

須藤の売店最後となる出勤は、前月決定したシフトにのっとり、通しだった。午後四時まで、ひとりで勤めた。三時くらいからウミちゃん始め、パート仲間が集まったそうだ。ひまな店内で退職届を書く須藤をみんながそばで見ていたらしい。須藤の出勤日はその日が最後だったが、有休消化をおこなうので退職日がズレるのだそうだ。書きあげた退職届を売店でいちばんの古株に預けた。「ほんとに辞めちゃうのねぇ」と古株が言い、それをきっかけに「あのとき、たいへんだったよね」と思い出話が始まった。「たいへんだった、たいへんだった」と笑い合い、静まるたびに「がんばってね」とだれかかれかに腕や肩をぎゅっと摑まれたそうだ。

青砥が須藤のアパートに着いたのは、午後六時少し前だった。ブロッコリーとキャベツの入ったサラダを買って行った。それと発泡酒のロング缶一パックとウーロン茶。須藤の部屋の冷蔵庫には調味料よりほかになにも入っていなかった。食材は、事前に使い切っていた。

第一の和室に入ってすぐに、大きめのトートバッグが置いてあった。「雑誌の付録」と須藤が言った。売店では本や雑誌も扱っていて、売れなかった雑誌は返品する規則なのだが、付録は返さなくていいらしく、みんなで山分けするのだそうだ。「忘れ物はないはずだよ」と須藤は陶器カップや食器を出しながら言った。入院の準備は済ませたようだ。

その日の夕食は須藤が売店から「もらってきた」塩カルビ弁当と、おにぎり四個と、ひれかつサンドと、厚焼きたまごと、セロリの浅漬けだった。菓子パンも二個あった。そこに青砥のサラダがくわわって、品数だけでいえば、賑やかだった。その賑やかさをレンジ台兼食器棚の上に置いた大きな花束の放つ華やかさが照らし、なんとはなしのうら寂しさを浮き上がらせた。

須藤は同僚から花束をもらっていた。黄色を基調とした花束だった。ひと抱えの大きさがあった。たいそう立派なガラスの花瓶に挿れていた。「処分しなくてよかったよ」と須藤は、デカンタだったかデキャンタだったか、そんな名前のかたちをした厚手のガラスの花瓶に触れた。その指で小ぶりのヒマワリをちょんとつついた。「花なんて久しぶりだ」と黄色い花々を見ていた。

「鰻（うなぎ）でもどうだ？」

数日前、青砥が訊いた。送別会と壮行会を兼ねての提案だった。売店では花束は贈るが、送別会をひらく慣習がないと聞いていた。仲よくやっているようなので、少し奇妙な気がしたが、須藤に言わせると「そういうもの」だそうだ。

「いいねぇ。鰻、好きだよ」

ありがとございます、と須藤は頭を下げ、「でも、普通にしようよ」と頭を上げた。「あんまり特別感出したくないんだよね」と頭を掻き、「青砥にはお世話になってるし」ととてもちいさな声で言った。

「いいよ、べつに」

とてもちいさく青砥も応じた。がんの告知を受けてから、須藤と過ごすときの掛かりは青砥が持っていた。須藤は自分も出すと言わなくなった。代わりに「すみません」と礼を言った。「助かります」と言うこともあった。

青砥の年収は三百五十万を少し切るくらいだった。転職してから下がったし、マンションのローンもまだ残っている。車の維持費もかかるが、須藤との付き合いにおける出費は痛くなかった。須藤がいなくても、それくらいは使うと思う。

実家の光熱費は母の通帳から引き落とされていた。毎月の施設の費用も、固定資産税も母持ちである。遺族年金を上乗せした母の年金収入でまかないきれない月は預金で補塡（ほてん）している。母の預金は父の生命保険金の残りを入れて千三、四百万で、じわじわと減ってきているが、母が亡くなるまでは保つと思う。金銭的な問題は青砥自身の老後のほうが実は深刻なのだが、働けるうちは働く、という方針を以（も）って保留としていた。

「方針」には「あんまり無駄遣いをしない」といった小学生レベルのものもこっそりあっ

た。特段趣味もなく、金遣いの荒いほうでもない青砥には身に染み付いた感覚なので、普段はそんなに意識していなかった。須藤とかかわるようになっても意識にあがってこなかった。あがってきたのは大量に飲酒していたころだ。酒は高い。働きたくなるから、なお、高価になる。青砥が大量飲酒をやめられたのには、持って生まれた適度なけちん坊さがひと役買ったのかもしれない。

須藤の年収は二百に遠く及ばないはずだ。毎月わずかずつ「よけて」いるようだが、貯まってはいないだろう。失業保険給付の資格はあるようだが、入院加療中はもらえないらしい。手術や入院に掛かる費用は健康保険の制度を利用するか医療保険でカバーするかで軽減されるらしいが、金が下りるまで時差がある。

退院後の治療費、生活費をふくめ、須藤は、妹に借りるようだった。須藤は生活保護制度の利用を検討したらしいのだが、妹に反対されたらしい。そのときのようすを語る須藤はつねになく興奮していて、「そんなのおかしいよ」、「おかしくないよ」、「だって、元々」、「関係ないよ」という妹とのやりとりを口走った。「『だって、元々』?」と訊きたそうにしている青砥に気づき、「長引くようだったら生活保護の路線でいくんだ」と、その話題を切り上げた。

「だって、元々」の真相はまだ明らかではなかったが、とにかく、須藤は少しでも金を使わないでおきたそうだった。とはいえ、青砥に寄りかかっていい適正な度合いはまだ摑めていないようで、その結果、青砥の提案した鰻を拒否したのだと思う。退職や入院前日に「特別感」を持たせたくないきもちもなんとなく分かる。

　夕食を、食べられるだけ食べた。それでも余った。「残すならコレ」と須藤が指示した、カレー味とチャーハンのおにぎりと、菓子パン二個だ。どれも「冷凍すれば大丈夫」と須藤はレジ袋に入れた。青砥に持たせるつもりのようだった。

　テーブルの上が陶器カップだけになった。ふたりは発泡酒を飲んでいた。二日後に手術を控えた須藤は一缶目をちびちび飲ってる最中で、青砥は三缶目。須藤はレンジ台兼食器棚に寄りかかり、向き合って青砥が押入れにもたれていた。傍らで扇風機が回っていた。ラジオの音が低く聞こえた。須藤の服装は仕事帰りのままの白いポロシャツと細いジーンズで、青砥は休日だったが、いつもの黒いポロシャツとチノパンだった。暑くなったので、ふたりとも靴下を脱いでいた。須藤はそんなに赤くなっていなかったが、ぽってりとした肌つきになっていた。一缶目をようやく飲み干して言った。

「なんだろう、今日はいくらでも飲めるような気がするよ」

　でも、このくらいにしとかないと、と冷蔵庫からウーロン茶のペットボトルを出した。コップに注ぎ、それを手に持ち、立ち上がった。「ちょっと失礼」と青砥を避けさせ、押入れを開けた。「着てない服がいっぱいだ」

　押入れ上段に置いたパイプハンガーに吊るした「外出着」を眺め、ウーロン茶を飲んだ。青砥も立ち上がり、須藤の後ろから押入れを覗いた。隙間なく吊るされた衣服の半分に値札が付いていた。上衣もスカートもズボンもあった。ワンピースは二つ折りにしてハンガーにかかっていた。部屋の照明はつけていたが、押入れのなかは奥にいくほど薄暗く、たくさんの洋服のたくさんの色みはこちら側があざやかで、あちら側が墨のようにひとしく黒かった。

「どんどん着ればいいのに」

　青砥が言った。腕を組もうとしてやめ、その手を腰にあてた。身動きしたら、須藤に触れそうだった。

「そうなんだけどねぇ」

　須藤は押入れの中段板にコップを置いた。

「着るのも捨てるのも、なんだかもったいなくて」

　顔を上げて、青砥を見た。ははは、と笑って押入れに目を戻した。

「前に着てきたよな」

　えーと、と青砥は中途半端に腕を上げ、ブドウ色のワンピースを指差そうとした。

「あぁ、これ？」

須藤がそのワンピースの裾を引っ張り、広げて見せた。

「そう、それ」

腕を伸ばし、ワンピースに触れた。胸が須藤の肩口に触れた。ワンピースの生地はさらりと軽く、須藤の肩口は蒸れたように熱かった。「あ」と須藤が声を発し、頭をおさえた。

「朝、洗ったまんま」

けっこう汗かいちゃったから、と離れようとしたので、肩を掴んだ。「どれどれ」と笑いながらつむじあたりに鼻を近づけたら、須藤の匂いが濃くなった。鼻先を耳の後ろに持っていったら、も少し濃くなった。「やめてよ、青砥」とあばれる須藤の手首を握り、胸の下で交差させて抱きしめ、頬に頬をつけた。おとなしくなった須藤の顎を上げさせ、口づけを落とした。唇を離したら、「どうするんだよ」と須藤が泣くのを我慢しているような声で言い、「どうもしないよ」とまた唇を合わせた。今度は長くなった。吐息が漏れた。少し落ち着き、須藤は肩で息をした。「だけど、もう、ファンタジーだよ」とつぶやく。「なにが？」と首を撫でたら、「こういうこと。もはや性欲すら」と努めて冷静な声をつくった。「おれはそうじゃないな」と須藤のジーンズのボタンを外した。指で探ったら、ちゃんと湿った音が立った。指を使うと音に厚みがくわわった。須藤のそこは若い女のようであり、若い女にはない折り重なった熱気が青砥の指を濡らした。「痛恨だなぁ」と須藤が喉の奥で笑った。

そして八月二十三日火曜日。須藤は腫瘍をふくむ直腸を切断し、肛門を閉じ、ストーマを造設した。

青砥が見舞いに行ったのは、九月最初の日曜だった。

須藤の許可がようやく下りたのだった。

母のようすは午前中に見に行った。母は談話室でテレビを観ていた。車椅子に沈み込むようにして腰かけ、唇を突き出しては口のはたを横に引っ張る動きを規則的に繰り返しながら、大きなテレビ画面にぼんやりとした視線を合わせていた。

担当者から「金曜にいつもの診察を受け、血圧と便秘と鼻炎のお薬をもらいました」と報告を受けた。「どちらさまですか」、「息子の健将」、「死にました」の恒例の会話のあと、「ご苦労さまです」と切りっぱなしの白髪頭を丁寧に下げられ、施設をあとにした。

駐車場に駐めておいたタントに乗り込み、尻を半分浮かせて、後ろのポケットからメモを出した。旧式のナビに総合病院の住所を入力した。七、八分で着くらしい。電車を乗り継ぐ須藤は三十分くらいかかると言っていた。妹のところからはそれより十五分ほど余計にかかると。

どこを通っても見覚えのある景色を視界に入れて、車を走らせた。ラジオをつけた。機嫌のいい男の声が流れた。森田健作だった。千葉県のピーアールをしていたようだが、あまりよく耳に入ってこなかった。昼飯は病院でとろうとか、たしかレストランがあったはずだとか、そんなことを考えていたら、須藤の言葉がよぎった。

「テーマは後始末をするひとにやさしい部屋」

告知を受けてから手術日が決まるまでのあいだのどこかで交わしたやりとりの一部である。

その場面は、青砥の頭のなかで周期的に再生された。

最初はたがいのこまごまとした生活習慣を披露し合っていた。「洗濯は二日おき。なぜならシーツを二日おきに取り替えるから」、「おれは週に一回がせいぜいだな。シーツは一ヶ月は平気で保たせる」といったものだ。ひと区切りついて、須藤が自分の持ち物についてのルールを語るついでに、部屋づくりのテーマを発表したのだった。

「あくまでもイメージだけど。遺されたひとが片付けやすい部屋を目指した。基本的に家具はひとりで持ち運べるもの。捨てるときに便利なように。同じ理由で思い出の品々は処分しておく。他人の思い出の品くらい、始末に困るものはないからね。遺されたひとに捨てる、捨てないを決めさせるのはかわいそうだよ」

事務作業もスムーズにできるように、と、須藤は押入れを開けた。「手続きするのに必要そうなのをまとめて入れてる」と段ボール箱を指した。段ボール箱の短い面にはあらかじめ「文書保存箱」と印刷されていた。長い面にはマジックで内容が書いてあった。通帳（ハンコ、キャッシュカード）、年金手帳、アパート契約書類一式（スペアの鍵）と読んでいき、「『遺書』っておまえ」と青砥は呆れたような、怒ったような声を出した。

「それはまだだ」

入れておくならここだなと思っただけで、と須藤は自分の書いた文字を見た。右の角に丸みを帯びた字体の「遺書」はそんなに気張っていなかった。

「ちょっと書いてみたんだけど、わざわざ書き遺しておくことか、って思うことばっかりで。でも言っておきたいことだけ書くと、愛想がなくなるんだよね。まだ機が熟してないんだろうな」

須藤は頬に手をあて、その手を少し引っ張った。目尻と、泣きぼくろの位置が少し下がった。

「すべてにおいて、そんなに完璧じゃないんだよ。当初の意気込みのわりには、けっこうグズグズになってる。これも、これも」と冷蔵庫とレンジ台兼食器棚を顎でしゃくり、

「ひとりで持ち運びできないけど、ないと不便で」と悔しそうに唇を噛み、第二の和室に目をやった。

「洗濯機も。コインランドリーを活用しようと思ったんだけど、近所になかった」とうなずいた。洗濯機はベランダに据えてあった。スペースの都合上、二層式だ。青砥の家の洗濯機と同じだった。全自動に替えたかったのだが、使い慣れたものがいいと母がいやがった。

「布団ではなくベッドにしたのは」と須藤はこれから面白いことを言いますよ、というふうにニヤついた。「孤独死となり発見が遅れた場合を想定した結果だ。そのあいだ、体液が滲(し)み出てくるんだって。ベッドのほうが部屋をいためないと聞いて」とヘッと笑い、「布団だと畳がたいへんなことになるんだそうだよ」と極端に声をひそめた。臭いものをわざわざ嗅ぐような顔をしていた。視線を外した青砥につづけた。

「思い出の品も捨てきれてないんだ」

押入れを閉め、青砥の向かい側であぐらをかいた。

「処分していたら、なんだかヒステリックにことを進めている気がしてきて、もっとゆるくていいんじゃない？　ときもちに変化が」

「なんで当初はそんなに意気込んだんだ？」

「あー……」と須藤はいくぶんのけぞり、思い出すような顔つきをした。高く上がり、遠くに飛んでいくボールを目で追うピッチャーみたいに頭をめぐらせた。

「生きていくんだ、って思ったからじゃないかな」

足首を摑み、曲げた膝を上下に動かした。

「ここで、生きていくんだなぁ、って、不動産屋さんと一緒にこの部屋に初めて入ったとき。ベランダの窓を開けて、知らない景色を眺めて、わたし、死ぬまでは、ここで生きていくんだなぁ、って思ったんだ。感傷的というんじゃなく。積極的でも消極的でもなく。なんなら受動的でも能動的でもなくて、決定事項的なたしかさでそう思った。ということは、いつか死ぬんだなと」

なんだけど、青砥、と膝の動きを止めた。

「それは今日明日の話じゃないんだよ。明後日でも、明々後日でもないんだ」


病院に着いた。駐車場に車を入れ、なかに入る。レストランに向かう。券売機で買ったのはとんかつ定食だった。アイスコーヒーの券も押した。カウンターで受け取ったトレイを両手で持ち、席についた。昼時なので混んでいた。職員の数が多く、だから、白い衣服が目立つ。医者だか看護師だか知らないが、仲間うちで冗談を言いながらうまそうにものを食うのが少し気に障（さわ）った。筋違いとはじゅうじゅう承知している。彼らは休憩中で、どう過ごそうと自由だし、一日二十四時間患者のことを考えろとは決して思わない。だが、正直なところ、私的な時間の彼らはあまり見たくなかった。

　カラッと音がするほどカラリと揚がったとんかつにソースをじゃぶじゃぶかけたのを口に入れ、白飯を頬張る。それを繰り返し、瞬く間に食べ終えて、アイスコーヒーをかき混ぜる。ストローで氷を沈めてみたりする。フライ衣のブツブツと、千切りキャベツのピラピラと、ソースの黒っぽいのが張り付いた皿を見る。アイスコーヒーが氷だけになった。コップに触れたら、指先が濡れた。チノパンで拭い、トレイを持って席を立つ。食器を下げて、レストランを出た。見舞いの品を車に置き忘れたと気づき、駐車場に取って返した。

　腕を伸ばし、助手席に置いてあった白い紙袋を取った。ドアを閉め、鍵をかけ、病院に戻る。

　白い紙袋は母が大量に取っていたもののひとつで、無地の新品だった。なかにも袋がふたつ、入っていた。チャコールグレーの紙袋と、藍色のプラスチック袋だ。チャコールグレーにはネックレスが入っていて、藍色にはマンガが入っていた。ネックレスはほぼ円形の三日月にごく小粒のダイヤを四つ五つあしらったもので、マンガは『干物妹!うまるちゃん』の一巻から三巻。

ネックレスは西武で買った。アクセサリー売り場をしばらくうろつき、最初に声をかけてきた女性の店で世話になった。「誕生日プレゼント」と告げたら、まず誕生石であるエメラルドの嵌った各種アクセサリーを勧められた。三万前後とちょっと奮発した予算を告げ、誕生石にこだわらないことにした上でモノをネックレスに絞り込み、さんざん迷って決めたのだった。須藤に似合いそうだと思った。「いいですよね。お洋服も選びませんし。毎日、つけていただけますよね」と店員も後押しした。鎖はK10。三日月にあしらったダイヤの合計0・01ct。消費税込みで予算を少し出た。誕生日プレゼントの相場は知らないが、初めて須藤に贈る品としてはこのくらいのがんばりが適当だと思う。

少しだけ不安だったのは、「バカ買い時代」に目の肥えた須藤が喜ぶかどうかということだった。喜んだ振りをされたら生き地獄だな、と笑いつつも弱気になった。須藤はそういうやつではないだろうが、それでも尻込みするのは、「早過ぎないか?」の一点に拠った。

須藤の誕生日は五月だ。そういう意味では「遅い」のだが、トータル0・01ctとはいえダイヤ付きのアクセサリーを贈るのは、なんとなく「早い」気がする。しかも見舞いにかこつけてというあたりがまた、よく考えるとしみじみと恥ずかしい。

その場の空気によっては渡せないかもしれない。そんな思いが抑えとしてマンガを用意させた。見舞いの定番である生花は病院で禁止されていた。本でもよかったが、須藤は、昔は本をよく読んだと言っていたので、下手なものは選べない。マンガは守備範囲ではなかろうと踏んだのだった。

そこで青砥の周りでは多趣味で知られるリリーに「見舞いに持っていくのによさそうなマンガ、なんかある?」と訊き、『うまるちゃん』なんかいいんじゃないんスかね。可愛くて、ちょっとバカバカしくて」との情報を得たというわけだった。早速買った翌日に「青砥さん、オレ考えたんですけど、図書カードとかのほうがよくないですか」といつもの眠たげな目で言われ、なるほどと膝を打つ心持ちだったがあとの祭りだった。

ナースステーションに寄って、須藤の病室を訊ねた。駐車券のハンコももらった。看護師に病室までの道順を大まかに説明されて、歩き出す。飲料の自販機と流しと椅子とテーブルのあるコーナーを抜け、廊下に出る。突き当たりを右に曲がり、両側の病室の名札を交互に確認しながら進んだ。いちばん奥の、左の病室の入口に須藤の名前が書いてあった。病室に入ろうとしたら、病室から出て来るひとがいた。小柄で、小太りの女性だった。ふくらんだ紙袋を提げていて、青砥とすれちがうときに「どうも」と愛想よく会釈した。

「みっちゃん、ほら、忘れ物」

奥のベッドのカーテンから須藤が顔を覗かせた。手に日傘を持っている。女性は自分の手荷物をさっと点検し、「あっ、ほんとだ」と声をあげ、「UV対策、UV対策」と須藤に駆け寄った。須藤は日傘を持ったまま、青砥を見ていた。青砥を見つけたとき、目が大きくなった。すぐに細められ、「よっ」と口を動かした。須藤の顔を見るのは十三日ぶりだった。

「青砥さん」

須藤が妹に紹介した。妹は「はぁ」と言った。「青砥です」と頭を下げたら、戸惑った顔のまま「妹です」とお辞儀した。「姉がいつもお世話になって」と再度頭を下げたが、「どちらの青砥さんですか」と訊きたげな目をしていた。その目で須藤も見たのだが、青砥も須藤もなにも言わなかったので、

「もう、かなりいいんですよ。来週には普通食かなーって」

と丸椅子を持ってきて、「お茶でいいですか?」と自販機までひとっ走りしそうな気配を出した。

「みっちゃん、大丈夫」

須藤が笑い、「そうお?」と妹も笑った。そんなに似ていない姉妹だった。丸ぽちゃの

妹はいかにも陽気な主婦だった。日傘を両手でひねりながら、「ねー」というふうに青砥に微笑（ほほえ）みかけている。「みっちゃん、もういいって。タカくんたちが来るんでしょ」と須藤に言われ、名残惜（お）しそうに病室を出て行った。

丸椅子に腰をおろした。

十三日ぶりに会う須藤は痩せても太ってもいなかった。顔色も悪くなかった。病室にいるせいか、いつもより少し老けて見えたが、話し出したら、ちっとも気にならなかった。

「タカくんって妹のご主人のお姉さんのこども。一家であそびにくるんだって」

須藤は説明し、襟を直した。白地に紺の花の模様の入った浴衣（ゆかた）を着ていた。

「お寝巻き浴衣だ」

青砥の視線を受け、須藤が答えた。

「こないだ妹が『お姉ちゃん、これ、雰囲気出るよ』ってゲラゲラ笑って持ってきた」

量販店に売っていたそうだ。

「昭和の療養感すごいな」

青砥は足のあいだに紙袋を提げていた。

「けっこう気に入って。家でも着そうだ」

「いいな」

お寝巻きではあったが、浴衣は須藤に似合っていた。「順調なのか?」と訊いたら、「順調」と即答した。「たぶん、そんな感じかと」と付けくわえ、点検するように黒目をワイパーみたいにゆっくり動かし、「うん」とうなずいた。

「いいって言うまでお見舞いに来ないで」。須藤が言ったのは、入院日の明け方だった。前夜、須藤とそうなった青砥は須藤のアパートに泊まった。明け方、もう一度そうなって、いったん家に帰り職場に向かおうと身支度をする青砥の背中に、須藤がベッドから声を投げたのだった。青砥はチノパンを穿く動きを止め、「分かった」と答えた。ポロシャツを拾い上げ、ばふりと払って頭をくぐらせ、袖に腕を片方ずつ通したら、須藤がベッドからおりた。狭い玄関で見送る須藤に「がんばれ」と腹から声を出した。

「がんばったんだな」

「これからが本番だよ」

きっと、そうだよ、と須藤は窓を見た。青砥は寝癖のついた須藤の後ろ頭を見た。須藤の顔が青砥に戻る。「たとえばコレ」とお寝巻き浴衣のヘソの斜め下を指差して言う。

「慣れるまで苦労しそうだ」

「付き合うまでよ」

いま、ストーマのことを思い出した。病室に入るときまでは意識していたような気がするが、須藤の顔を見たとたん、どこかに行ってしまった。

「頼もしいね」

須藤は足にかけていた、ふたつに折った布団を軽く叩いた。

「頼もしいんだよ」

繰り返してから、「意外と尽くすタイプだし」と軽口を言い、チャコールグレーの紙袋を取り出した。「誕生日プレゼントとの合わせ技」と須藤の手に載せる。「えっ」という目をした須藤は、「えー」というふうに口元をゆるませ、包みをひらいた。青砥は小声で「安物だけどな」と独りごち、須藤を見ていた。

ネックレスと対面した須藤は「わあっ」という目をした。その目のまま青砥に「ちょっとー」と言い、足をもぞもぞさせた。指でそっと持ち上げ、見つめたのち、「ありがとう。お守りにするよ」と真剣な声で言った。

「つっ、つけてやろうか」

青砥はなぜか笑いだしたくてたまらなかった。

「いいねぇ」

頼むよ、と応じる須藤の声も抑えきれない笑いたさで震えていた。ネックレスを受け取り、須藤の細い首にネックレスを回した。可笑(おか)しくて、可笑しくて、指に力が入らず、なかなか上手に留められなかった。

六 「日本一気の毒なヤツを見るような目で見るなよ」

「わたしは、いま、コレのことだけ考えて生きているようだよ」

須藤がヘソの斜め下を指差した。

「まるで恋みたいだ」

重めの恋わずらい、と破けたような笑みを浮かべた。冗談を言ったつもりなのだろうが、笑えなかった。九月十日に退院して、約二週間。須藤はストーマの扱いに手こずっていた。

須藤の装具は土台と袋が分かれていた。土台は中央に穴の空いた肌色の平たいもので、輪っかのあるほうが表。裏は密着面。ストーマを穴から出し、土台を皮膚に密着させたら、輪っかと便を受ける袋を嵌め合わせる。溜まった便は袋の下部にある排出口から押し出してトイレに流す。排出口をトイレットペーパーで拭き、マジックテープを留める。

装具の交換はケースバイケースだが、おおむね三、四日に一度と経験者のブログに書いてあった。袋は、便を押し出してほぼカラにしたら、新聞紙かなにかで包み、それをポリ袋に入れ、口をしっかり縛って捨てる。土台も使い捨てだ。皮膚を傷つけないよう、ゆっくり剝がすのがポイントらしい。

手順だけを見るとシンプルなのだが、ひとつひとつの行為にコツが要るようだった。排出や交換のタイミングを計るのにも経験の積み重ねが必要らしい。ひっくるめて、要するに、たぶん「慣れ」。

青砥が想定したのは、最初は苦労するだろうが、「いつのまにか」それが日常的な行為のひとつになっていた、という類型だった。まさか「いつのまにか」に至るまでに送らなければならない、「最初は苦労するだろうが」の毎日に、須藤がこれほど難儀し、疲弊すると思わなかった。

須藤は意外に神経質だった。なのに装具の扱いは荒っぽかった。手先の不器用さを自覚しながら慎重さに欠け、一気呵成に作業を進めたがった。

幅およそ十五センチ、長さおよそ二十五センチの袋をつねにぶらさげている違和感がべったりと貼り付き、なかなか拭えないようだった。臭いにたいする恐れも大きく、しょっちゅう指や上衣の裾を鼻に持っていった。からだのあちこちを手のひらで擦り取るようにしては嗅ぎ、布団にこもった臭いをひどく気にした。

「失敗」のせいだった。青砥は須藤よりほかにストーマの持ち主を知らないが、それでも須藤は「失敗」の多いほうではないかと思った。たびたび袋から便が漏れ、服や寝具を汚した。土台の下に便が潜り込み、臭うこともしばしばあった。「ちゃんと（装具を）付けてる？」と訊くと、「ちゃんと付けてる」と答えるのだが、入院時の「失敗」は一度だけと言っているので、「ほんとかな」という感じだった。

須藤の装具を付ける手順を見せてもらったことがあった。初めて須藤のストーマを見た瞬間でもあった。腸を引っ張り、折り返したという柔らかそうな突起は思っていたより赤く、濡れていた。ふにゃふにゃの梅干しをちょんと貼り付けたようで、「肛門」のイメージから遠かった。そう言ったら須藤は「わたしの『肛門観』も揺れ動いてるよ」と答えた。「引退したほうは『出そう』って感覚があっても出なくて、新しいほうは感覚なしに『出ちゃってる』」、オナラも、と小声で付け足し、ハサミを使い始めた。土台の穴を自分のストーマのサイズに合わせようとハサミで切り込みを入れているらしいのだが、雑なやりように驚いた。その後の装具の取り扱いも、利き手でないほうを使っているような、ぶきっちょ特有のたどたどしさと、ぶきっちょでは説明できない杜撰(ずさん)さがあり、妙な言い方だが目を見張った。思えば須藤は野菜の切り方が大胆だった。手際はいいのだが、たとえば鍋を火にかけようと五徳に置くとき、けっこうな音を立てた。

「ほんとかな」と疑っている青砥を見て「ちゃんと付けてるって！」と須藤は声を張り上げた。いわゆる「キレる」という状態で、顔に普通ではないような凄(すご)みがあった。落ち込みも深いようで、あんなに姿勢がよかったのに、だんだんと猫背になった。三日月のネックレスが首から離れて垂れ下がり、ときに揺れた。

「ちゃんと付けてる」と言ったのに「ちゃんとできてないから恥ずかしい」とか「退院してまだそんな経ってないのに」と渋っていたストーマ外来を受診したのは、術後一ヶ月の面談の折だった。

受診を機にじょじょに落ち着きを取り戻した。須藤は、ベテラン看護師との会話を「こころが溶けていくようだったよ」とあらわした。「実はちょっと泣いた」そうだ。セルフケアのおさらいも「わりと愉しくできた」ようだった。

面談では、今後おこなう化学療法についての説明があったようだ。使用する抗がん剤の種類の効果と副作用、およびスケジュール。再発をできるかぎり防ぐため、術後に化学療法をおこなうことはすでに聞いていた。この日、新たに医師に告げられたのは、手術のときに何十個だか摘出したリンパ節に転移が見られたことだった。須藤は、これも事前にその可能性が高いと知らされていたようだった。

そんな状況で、なぜ、須藤がスムーズに平穏を得ていったのか、よく分からない。青砥が気づいたのは、リンパ節への転移と抗がん剤治療を、須藤が大きな試練と捉えていたことだった。「でかいヤマだ」と引き締まった横顔でつぶやいた。足踏みしていたストーマ装具の扱い方の「慣れ」への階段を三段抜かしで上がったことも一因だろう。コツは、ちょっとしたきっかけで案外簡単に摑めるものだ。

　コツを摑んだあとでも「失敗」はあった。須藤はちょっとはヘコんだものの、「これから、これから」と青砥が掛け声をかけたら、ひょっとこみたいな顔でハナミズを大きく空啜りし、原因と改善方法を探った。とにかく、立ち向かうべき「でかいヤマ」が迫り、須藤の負けん気の強さが息を吹き返したようだった。太さが戻ってきたのはそれからすぐだった。

化学療法の始まる前週だったと思う。

たしか土曜で、青砥は休みだった。金曜の夜に須藤のアパートに行き、そのまま泊まった。

　その日のおもな話題は、届いたばかりの障害者手帳だった。ストーマの装具代と、消臭潤滑剤やビニール手袋などの代金の給付が受けられると須藤は喜んでいた。高額療養費制度と「歯を食いしばって払いつづけた」がん保険の給付金のおかげで、入院費用の収支はプラスだった。保険からは一時金も出たので、妹からの援助はまだ受けずにすんでいたようだが、「抗がん剤治療もあるし、無職の身の上では時間の問題」としていた。それでも「一生付き合う」ストーマに掛かる費用がたぶん半分くらいになるのはありがたく、ベッドに入っても「ありがたや、ありがたや」と歌うように繰り返し、「あー早く働きたい」と掛け布団を両手でぎゅっと摑んだ。

青砥は複雑な思いで聞いていた。

「おれは?」と訊きたくなった。「おれがいるのに」と不満げに口を尖らせたくなる感情には、男らしさというものが浸み込んでいた。狭いベッドでからだをぴったり寄せている、この大病を抱えた無職の女は、ほかのだれでもない須藤で、妹の世話になることを気にして、「あー早く働きたい」と言っている。立つ瀬がないと思う。こんなにそばにいるのに、いまだに当事者側ではないと感じる。当事者側は、依然として須藤と妹のふたりだけだ。五時間だかかかった手術のときも青砥は付き添わせてもらえなかった。からだのあちこちに管を差され、痛みをこらえる須藤のすがたも見せてもらえなかった。

あのとき、青砥は、須藤の言った「いいって言うまでお見舞いに来ないで」を「懇願」と受け取った。この期に及んで弱いところを見せたくない意地っ張りな須藤のきもちを汲むのが、そのときは、最善だと思った。だが、のちに「麻酔で落ちていくとき、フッとすごく怖くなった」と聞き、なぜおとなしく須藤の言いつけを守ったのかと歯嚙みした。青砥と須藤にとっては高価なプレゼントを須藤が素直に受け取り、あんなに喜んだのは、きっと須藤が耐えた不安や恐怖や痛みから一時解放されたせいだ。不安や恐怖や痛みはこの先もつづくのだろうが、それでもひとつ乗り越えたという明るい安堵があったのだと思う。

須藤の許可が下りるまで、青砥は大腸がんやストーマを携帯で調べた。本も買い、それらでもって、勉強した。学校と呼ばれる場所で真剣に勉強したのは自動車学校だけだと、青砥はよく冗談を言っていたのだが、まさにそのとき以来の「勉強」だった。「須藤のがんが治るやつなのかどうか」が青砥のいちばん知りたいことだったが、青砥の目にした「教材」はどれもその言葉を避けていた。代わりに使っていたのが「寛解」だった。初見の言葉だ。病状がおさまっている状態を指すらしい。「あーそうなんだ」と口のなかでひとりごちた。「そういうアレね」とつづけた。胸の内側がしんとするのは止められなかったが、「寛解」ががんの世界での最高の状態なら、そこに行きたいと思った。

掛け布団から腕を出し、須藤の手を握った。「おれがいる」と言いたかった。「忘れるな」と、「忘れた振りもするな」と握った手に力を込めた。その手を須藤が握り返した。ふふっと温かそうな鼻息を掛け布団のへりに吹きかけて、大きく、深く、息をついた。須藤の揺れる腹筋と、息遣いする胸の動きが伝わり、しあわせなきもちになった。「おまえの面倒はおれがみるから」という科白が喉まで出た。口から出なかったのは、それが須藤の嫌いな言い方のような気がしたのと、青砥がまだ腹を決めていないせいだった。青砥はまだ「おれがいる」でさえ口にできなかった。須藤は大事だ。これはほんとだ。だから、「おれにできること」を考えると、なにもさせてもらえないくせに、とさみしく足がすくむのだった。

青砥の車でヤオコーまで買い物に行った。晩飯は湯豆腐の予定だった。須藤が食べたいと言った。近所のスーパーでもいいのだが、ヤオコーに旨い豆腐が置いてある。須藤は運動のためと徒歩で行きたがったが、距離があったし、帰りは荷物があると青砥が反対し、あいだを取って、青砥の家まで歩き、そこからタントに乗ることにした。

「秋だねぇ」

須藤が言った。青砥の家まで歩いていた。涼しい夜だった。

「空気がな。当たりがスッキリしてる」

自転車のハンドルから片手を離し、頰を擦った。青砥は自転車を押していた。涼しさの深まっていく、ある日の秋の夜を歩いている。

「草の匂いもそんなにしないね」

夏は、むっと鼻にくることとある、と須藤はパーカーのポケットに両手を入れた。長めの黒のパーカーを、前を開けて着ていた。パーカーは妹がBIGBANGのアリーナツアーで購入したものだった。お土産としてもらったらしい。

「草、ほとんどないからな」

ふたりが歩いていたのは幅の広い道路だった。セブン-イレブンの駐車場を通り過ぎ、信号待ちをしていた。

「それでも夏はするよ。匂いが濃いめになるから」

須藤のパーカーのポケットに入れた手が動いた。トレーナーの裾から下がった袋をなにげなく触る。細いジーンズを穿きたいので、須藤はストーマの袋を外に出していた。袋には自作のカバーがかぶせてあった。紺地に白の水玉だ。それがクリーム色のトレーナーの裾から覗いた。思いのほか、自然だった。目に留まったとしても「そういうおしゃれ」として通りそうだ。作り方はネットで紹介されていたらしい。自作第一号は「とりあえず完成にはこぎつけました」という出来栄えだったようだが、いくつかつくるうち、「まぁ、こんなもんでしょう」という出来になったそうだ。

「いまくらいの時期がいちばん迷惑かけないよね、冬は冬で暖房とかあるしね」と須藤が言い、「ビバ、秋だな」と青砥がわざと軽く応じたら、「いやいや青砥も他人事じゃないし」と須藤がにやつき、「加齢臭も夏場は濃いめだ」と言った。

「マジか」

「マジだよ」

「おれ、やばい？」

「そんなでもないよ」

「『そんな』ってどんなだよ」

須藤はポケットから手を出し、青砥の耳の裏をひと差し指で拭うようにした。その指を青砥に嗅がせる。「あーおれ知ってるわ、これ」と青砥。「じいちゃん、こんなだったわ」と笑うしかないふうに笑った。父も同じようなにおいをさせていた。

「おたがい、ビバ、秋だね」

須藤が青砥を見上げた。青砥も須藤を見て、「まぁな」とうなずいた。

横断歩道を渡ると、あたりが少しだけ暗くなった。青砥と須藤が中学生だったころから目にしていた商店がちらほら出現し始める。閉めた店もあれば、商売をつづけている店もあった。文房具屋、布団屋、メガネ屋。いずれにしても、寂れていた。新しい建物もあった。そこに入っているのは、医院、調剤薬局、選挙事務所。建物を指差し、青砥が訊いた。

「あそこ、前、なんだったっけ？」

「さぁ、なんだっけ」

須藤は立ち止まり、建物を眺めた。背なかと同じくらいの大きさのリュックを背負っていた。リュックには、不測の事態に備え、ストーマの交換に必要なもの一式が入っていた。青砥の家で湯豆腐を食べ、泊まって行くつもりなので、そのぶんの装具も入っている。着替えももちろん用意していた。「なんだったんだろねぇ」と須藤が青砥の押す自転車のハンドルに手を添えた。「忘れちゃうんだよな」と青砥が言い、「うん、覚えてたかどうかも」と須藤が引き取り、ふたりで歩き始めた。

青砥の家に着いた。自転車を玄関脇に駐めて鍵をかけ、車に乗り込む。須藤は助手席でリュックを抱えていた。シートベルトを締めたとき、「わたし、昔、まごついたフリして締めてもらったことあるよ」と言い、「ドキドキの急接近を演出だ」とヘッドレストに後ろ頭をトンと当てた。「だっさ」と青砥はエンジンをかけ、「おれにもやってみろよ、そういうの」と車を走り出させた。

ヤオコーの屋上の駐車場に車を駐め、エレベーターで一階に降りた。まず青果売り場。店内は外より温度が低いようだった。「ちょっと寒いね」と須藤がパーカーのフードをかぶった。須藤の腹の具合を案じ、「チャチャッと済まそう」と青砥はカートを押して葉物野菜のコーナーに進もうとしたのだが、須藤は冷蔵ケースの端から動かなかった。「なんだよ」と戻ると、濃い緑色の草を指差した。プラスチックの箱に入っていて、「ローズマリー」とシールが貼ってある。ローズマリーとニンニクと鷹の爪を浸したオリーブオイルで焼くと、「肉も魚も野菜もみんな美味しくなる」と須藤が言った。油の一番手として、切れたら仕込むを繰り返していたそうなのだが、現在は休止しているとのこと。油はあまり摂らないほうがいいのだ。

「絶対ダメっていうんじゃないけど、いまはまだちょっとピリピリしてる部分があって」とこめかみを押さえて眉間に皺を寄せ、神経質そうな顔をつくった。「もう少ししたら鷹揚に構えられると思うよ」とローズマリーから目を離し、その目を豆苗に移した。「あれもあの油で炒めるとなかなか」と突如声を忍ばせた。夜八時過ぎだったが、買い物客は少なくなかった。そのことに須藤は急に気づいたのだろう。それまでは普通の音量で話していた。

ネギと小松菜と水菜と白菜、それに椎茸と大根を選び、豆腐売り場に進んだ。お目当ての品をカートに入れ、鶏肉、ポン酢、昆布、カセットガスの三本セットで買い物が終了。レジに並び、会計した。白い作業台のようなものに移動し、ふたりで手分けして商品をレジ袋に詰めた。「青砥ん家、カセットコンロあるんだね」、「ふっるいやつな」、「でもいいよね。わたし、なんか踏ん切りつかなくてさ」、「そんな高かったか？」、「置き場所問題。

しまっとく場所がもうないんだ」、「そっちかー」と手を動かしていたら、「ハコ！」と声がかかった。わりあい遠くから呼びかけられた気がした。ふたり揃って目を上げ、声のしたほうを見た。ウミちゃんが肩にかけたエコバッグの持ち手を押さえながら、小走りでやって来た。

「おぅ」

青砥が軽く手をあげたら、

「青砥くんが返事してるし」

ていうか、普通に買い物してるし、と「やだもぅ」と身を捩（よじ）った。

「帰るとこだったんだけど、なにげに振り向いたら、いたし」

須藤と青砥を順に見た。嬉しくってたまらない表情だった。口の幅が広がって、ニコちゃんマークみたいなことになっている。視線はもとより全身がぬるっと照っていた。桶（おけ）のなかでのたくる新鮮な鰻か泥鰌（どじょう）を連想させた。

「ハコ、退院したんだね。もういいの？　大丈夫？」

須藤の肩に手を置いた。心配そうな顔つきに転じていた。

「うん、おかげさまで」

「ごめんねー、ＬＩＮＥしなくて。ずっと気になってたんだけど、逆に迷惑かなって思って」

「分かる、分かる。でも、わたし、そういうの気にしないから」

アハハ、とふたりは理解し合っているように笑った。「こっちこそ、気をつかわせちゃってごめんね」という須藤の言葉に、ウミちゃんの「みんなから、連絡あった？」がかぶさった。「みんな」は売店の同僚だ。「いや。やっぱり気をつかってくれてたみたいで」と須藤が答えたら、ウミちゃんはかすかにほっとした表情を浮かべ、「だよねー。ハコは野生動物みたいに自分の弱いトコ隠したがるからねぇ」と大きくうなずき、つづけた。

「ハコがなんか言ってくるまでそっとしておこう、って話してたんだ。ヘタに励まして地雷踏んだら、からだに障るじゃん」

「地雷って」

須藤は笑った口のかたちをし、「ありがとうございます」と頭を下げた。

「すごく元気そうだったってみんなに言っとくね」

むしろ絶好調っぽいよって、と青砥をちろりと見て、「この、この」というふうに肘でつつく身振りをした。

「まぁ、なんとかやってるよ」

須藤はごく一般的な受け答えをし、

「みんな、元気？　変わりない？」

と急いで訊いた。重要なことを聞き忘れていたような焦りがうっすらと感じられた。

「変わりないよー。変わりようがないっていうか」

ウミちゃんは平坦に答えた。表情が読めなかった。にこやかにしていたのだが、それはウミちゃんのデフォルトだ。

「よろしく言っといてね」

須藤が言うと、ウミちゃんの顔がパァッとかがやいた。すごく面白いことを思いついたというふうに、ちいさな黒目が大きくなった。

「うん、よろしくやってるって言っとく」

こらえきれずに噴き出し、敬礼の真似をしてまた噴いた。

「そんなにニュース性はないと思うけど」

耳の後ろのほうを掻く須藤に、ウミちゃんが言う。

「みんな、安心するよ。そばに付いていてくれるひとがいるのといないのとじゃ、全然ちがうからさ」

打って変わって、深みのある声だった。同じ職場で働いていた者たちの仕事を通して自然と生まれた友情の言葉に聞こえた。その友情はきっと存在すると青砥は思った。

「よかったね、ハコ」

こころから言っているように聞こえた。たぶん、ウミちゃんはこころから言っているのだと思う。

「ありがと、青砥くん」

視線を向けられ、青砥の眉が少し動いた。カートに移したレジ袋の持ち手を触ったまま、「おれ?」と小声で訊いたのだが、ウミちゃんには届かなかったようだ。いまにも「約束通りがんばってくれたんだね」みたいなことを言いそうな気配を感じた。須藤を見たら、小刻みに首を横に振っていた。「余計なことは言うな」の指示だろう。

「いや、まだがんばってる最中だから」

礼には及ばんよ、と須藤に視線を留めたまま言った。須藤は「あちゃー」と口を動かした。次に目が静かに細められた。同時に顔の向きもゆっくりと変え、青砥の視線から逃れた。

「ひゃー」

ウミちゃんが声をあげ、「言うよねー」と手を叩いた。ひとなかなので、どちらも音は絞っていたが、充分にけたたましかった。「もうサイコー」と独りごち、須藤に言う。

「さすがだね、ハコ」

「なにが？」

仕方なく笑っていた須藤が、その顔のまま訊いた。ウミちゃんはポンポンと自分の二の腕を叩いてみせた。ウデがあると言いたいようだ。

「なにそれ」

須藤は過度な笑いようをした。

「実はけっこう魔性だったりなんかして？」

ウミちゃんの言い方も過度に軽薄だった。

「なんだそれ」

青砥が割って入った。レジ袋の持ち手から手を離し、腕を組んだ。何度か口をひらきかけ、閉じた。あとがつづかなかった。できれば冗談にして穏便に処理したかったのだが、うまい言葉が浮かんでこなかった。腹を立てていたせいだ。

「いーかげんにしなよ」

ウミちゃんの後方にいた女子高生が苛立った声を発した。

「なにそのブッコミ」

空気読めなさすぎて草もはえない、と携帯を操作しながらつづけた。

「娘」

ウミちゃんが女子高生を目で指した。

「最近の若い子は口の利き方を知らなくて」

と恐縮し、「もう！」と娘を打つ振りをしたのだが、娘は「どっちが。それにあたしは『最近の若い子』である前におかーさんの子だから。すかさず一般論にすり替えて上から目線とか、めっちゃ姑息」と吐き捨て、「先、帰る」と背を向けた。

「待ちなさい」

ウミちゃんは娘に母親らしい声をかけ、ふうっと息をついた。「屁理屈ばっかり。親が上から目線なのは当たり前なのに」とつぶやき、「最近、ちょっと難しくなっちゃってねぇ」とだれにともなく言い、「挨拶もできないくせに」と黒目を上げていき、「なんかごめんね」と首を前に出すようにして謝った。

「いいけど、全然」

追っかけなくていいの？　と須藤が言った。「外、もう、真っ暗だよ」と特に表情もなく。強いて言えば同情の色みがわずかに乗っていた。

「あ、うん」

ウミちゃんは「じゃ、ほんと、お大事に。無理しちゃダメだよ」とエコバッグの持ち手を肩に掛け直し、青砥に「がんばって」とウィスパーボイスで告げ、正面玄関に向かおうとして、振り向いた。「ハシモっちゃん、どう？」と青砥に訊く。

「安西？」

思わず訊き返した。このタイミングでかよ、と言いたいのを我慢して、「元気なんじゃない？」とぼやかした。安西は家庭の事情とやらでパートを辞めていた。辞める前、昼休みに話をしたら、「ちょっとバタバタしててさ」とペロリと舌を出し、「落ち着いたら、また働かせてもらうよ。ここ居心地いいし」と言っていた。

「ハシモっちゃんもタイヘンだよねぇ。あそこん家のお子さん、ふたりともうちと学年一緒なんだよね」

年頃のこどもがいると、どこもそれなりの苦労があるよ、と含蓄ありげに言い、ようやく娘のあとを追った。

青砥と須藤は無言でエレベーターに向かった。カートは青砥が押し、エレベーターの上三角のボタンは須藤が押した。箱に乗り込み、駐車場に出た。カート置き場にカートを寄せて、青砥は「荒れたなぁ」とレジ袋を取った。「ちょっと荒れたね」と須藤がレジ袋をひとつ持とうと手を伸ばした。「だいじょぶ、そんな重くない」と断り、青砥が先に立ち、車に向かった。

いやなきもちだった。口が渇いた。怒りで張り切ったからだが無残に萎（しぼ）み、皺くちゃになったようだった。青砥は自分が傷付いたことに気づいていた。いいトシこいたおっさんの言うことじゃねーな、と思いつつも、自覚せずにいられなかった。胸が空っぽのようである。それでいて膿を持っているように痛み、力が出ない。

「胸を張れよ、青砥」

須藤の声が背なかに当たった。振り向くと、須藤は細い首をかしげた。ダッと走って、すぐそばに来る。

「簡単だよ。貝殻骨をくっつければいいんだ」

青砥のそこに手のひらを押し付けた。ちいさな手形を付けられたようだった。

「こうか?」

実践してみた。大いに胸を張り、レジ袋を提げた両手を振って、のっしのっしと歩いてみせた。

「それだと、ちょっと、愚かしい者のようだ」

須藤は横の髪を耳にかけた。遠浅の海でちゃぷちゃぷとあそぶような笑みをひらかせ、横の髪を耳にかけ直した。風が出ていた。

須藤も傷付いていたと思う。青砥より深くえぐられたはずだ。すると青砥が傷付いたのは、須藤が傷付けられたせいかもしれない。ふたりとも平場の桶に引きずり込まれ、ぬるぬるにまみれてしまった。なんとか持ちこたえていた須藤を道連れにしたような気がする。

「悪かったな」

ドアをスライドさせ、レジ袋を後部座席に置いた。

「わたしもミスった」

須藤がリュックを下ろし、助手席に乗った。リュックを抱え、運転席に乗り込む青砥を待って、つづけた。

「『みんな、元気?』って訊くのが遅かった。あれで『ハコは浮かれてる』ってことになるよ。『そういうひとじゃなかったよね、みんなのことを最初に訊いたよね』的なニュアンスを出して、『でもよかったよねー』ってまとめるのがウミちゃんスタイルだ」

「だいぶめんどくさいな」

「娯楽だよ。みんな、それがウミちゃんスタイルだと知ってて愉しんでる」

ハンドルを握っていた青砥は、須藤を横目で窺(うかが)った。須藤はなに食わぬ顔で真っすぐ前を見ていた。

抗がん剤治療を二週間つづけ、一週間の休薬期間を置き、都合三週間でワンクール。それを八クール繰り返す予定だった。順調にいっても完了は翌年の三月。春だ。

点滴と服薬を組み合わせるらしい。代表的な副作用は手足の痺れで、脱毛の可能性は低いそうだ。いずれにせよ個人差があるという。つまり、やってみなければ分からない。だから、不安だ。それは分かる。

「かつら代が浮くといいな」

治療が始まる前夜、須藤が言った。須藤は和室のほぼ中央であぐらをかき、中身の入った巾着を手にしていた。巾着はストーマの袋カバーを自作した際に起こった手芸ブームにのっとり制作したものだった。大小各種、いくつもつくった。大きさに合わせ、下着、寝巻き、タオル、小物などを仕分け、巾着の両側から紐を引っ張り、口を絞って結んだのがついさっき。それをひとつずつ大きめのトートバッグに入れる作業に移っていた。抗がん剤治療の初回は様子見と重い副作用が出た場合への備えを兼ねて二泊三日の入院だった。

「かつら、高いんだよね」

保険利かないし、助成金出ないし、医療費控除外だし、と須藤はあぐらを正座に変え、天井に目をやった。

「クリスマスプレゼントにするか?」

青柾が言うと、「あ」と顔を振り向かせた。きまり悪げに口元をもぐもぐ動かす。

「おねだりじゃないいんだ」

揃えた膝も青砥に向けた。

「気がかりみたいなヤツが、どこからともなくワラワラ集まってきて、そのうちの一個をつまんでみた、って感じ。シンプルに気の早い愚痴だ。言ってみただけなんだよ」

ごめん、と打ち切るように謝った。

「そっか」

青砥は顎で短く何度もうなずいた。せっかちな動作になった。

「でも、こっちは、むしろ、おねだりウエルカムだから。ボーナスも出るし」

両の手のひらを自分の胸に向け、こっちに来いよの身振りをした。

「青砥」

身構えた。正式に呼ばれたような気配があった。須藤の声は、常より低かったものの、柔らかなふくらみがあった。表情も同じで、頬のあたりは削げたように緊張していたが、目には日向水みたいな温みがあった。須藤の青砥にたいする温度のような気がした。

「かなり生意気な言い方になるんだけど。もしかしたらヘンテコなのかもしれないんだけど」

次に言う言葉を決めかねているような前置きをしてから須藤が告げた。

「だれにどんな助けを求めるのかはわたしが決めたいんだ。助けが必要なのは分かってる。

この先、どんどんキツくなるかもしれないのも分かってる。でも、決められるうちは、わたしが決めたいんだよ」

「分からないでもないよ」

青砥はいったん引き取った。この話題はこのまま終わらせようかと思ったが、言いたいことがあった。にわかにどうしても言いたくなった。

「そんなガッチガチに構えんなよ。この治療で一区切りじゃないか。あとは定期検診で、五年で寛解ってやつだろ?」

「この治療でなにが起こるか分からないし、五年間なにもないとはかぎらない」

須藤は学校の先生みたいにゆっくりと言った。

「悲観的なんじゃないよ。冷静なだけだ。でも、きっとなんだかんだあるんだろう五年間のことをいまはちょっと考えられない。青砥の言う『一区切り』のことで手一杯なんだ。もっと言えば、一回目のことだけだ。一回目を終えて、ようやく二回目、二回目を終えて三回目。目先のヤマを一個ずつやっつけて、それを繰り返すんだよ、たぶん、ずっと。だから、だれにどんな助けを求めるのか、わたしが決めたいんだ。差し伸べてくれた手を握りっぱなしでいたら、どっちも沈んじゃうかもだ」

「それだと助けになりたいっていう、こっちの気持ちが宙に浮くな」

「青砥には充分助けてもらってるよ。青砥は甘やかしてくれる。この歳で甘やかしてくれるひとに会えるなんて、もはやすでに僥倖だ」

「おれはもっとおまえのためになりたいんだがな」

青砥が少ししつこくなったのは、嬉しさのせいだった。須藤が青砥へのきもちを初めて明かした。須藤の言った「青砥は甘やかしてくれる」というフレーズから滴り落ちるニュアンスが、巣ごもりするつがいの鳥の夫のほうが嘴でもって妻の羽毛を挟み、掬うようにしている絵と重なった。

「なら、愚痴くらい気軽にこぼさせてよ」

須藤の返しは冷ややかだった。青砥の顔がちいさく歪んだ。失敗した、と思った。と同時に憤然とした。助けはワタシが決めると言うなら、思わせぶりな愚痴は我慢しろよ、こっちにばかし我慢させるな、とぶちまけたくなった。おまえの愚痴を聞けば、なんだか知らないけど責められているような心地がして、どうにかしてやりたくなるんだ、それが人情だろうよと言いたくなって、むしゃむしゃと頭を掻いた。ため息が漏れた。うんと深いやつだ。きもちを整えて、思った。なんにせよ、失敗したことに変わりない。有頂天じみた心持ちで、いちゃつくような感覚で、「おれはもっとおまえのために」と口にしたのだった。

「みっちゃんもそう」

須藤は妹の名を出した。日中、須藤は妹の家に行っていた。妹は週に三日から五日、老人への宅配弁当の盛り付けのパートをしている。勤務時間は朝六時からの三時間で、人手が足りないときは夕方も出番になるらしい。働かないとからだが鈍る、お小遣い稼ぎにもなるし、という理由で機嫌よく勤めているそうだ。ゆえに、大抵、日中は家にいる。須藤がわずらってからは行き来が増えたようだった。入院中の緊急連絡先は妹だった。今回もそうで、万一の場合に備え、須藤はあそびがてら挨拶に行ったようだ。

「二階の部屋、空けたからとか言い出して」

もし副作用が酷かったら、独り暮らしは不便だろうと同居を提案されたらしい。こどもが独立し、そのままにしていた部屋をきれいに片付け、「いつ来てもいいからね」、「うちのお父さんもそのほうが安心だって言ってる」と、

「ニッコニコして。みっちゃん、あんパンみたいな顔でしょ。あんが飛び出るんじゃないかってくらい、もうなんかぐっちゃぐちゃに笑ってさぁ」

と須藤は生え際に指を入れ、片頬で笑んだ。

「そんなことしたら、生活保護受けられなくなるじゃん？　生活を援助してくれる身内が確実にいるんだから。それに、いくらいいひとでも真人さんに悪いよ。気を使うよ」

　真人さんというのは須藤の妹の夫である。私立大学の事務員をしている。相撲取りみたいに太っていても、かさ高さを感じさせない、腰の低い、おとなしい人物だと須藤は言っていたが、それでも同居となると話はべつなのだろう。とにかく、須藤のこの発言がきっかけで姉妹喧嘩が始まったらしい。須藤がえらくこたえたのは、「生活を援助する身内がいるのを隠して生活保護をもらおうとするのは不正」という妹の意見で、「ほんとうに頼るひとのないひとたちの生活を守る制度なんじゃないの？　お姉ちゃんみたいに『身内の世話にはなりたくないけど、国の世話にはなってやってもいい』っていう意固地で尊大で我儘な態度はおかしい」と怒鳴られ、

「だいぶ参った」

　と唇を固く結んだ。舌で舐めてから、ゆっくりとひらき、言った。

「『身内』ってワード、重要なシーンでなんか急に出てくるんだよね。妹には助けてもらってるし、いてよかったと思うし、頼りにしてるとこあるし、感謝もしてるけど、わたしのなかでラインがあるんだよ。どこまで寄りかかるかっていう、まぁ、みっちゃんに言わせたら自分勝手な線引きなんだけど、でも、できるとこまでは死守したいんだ。泥船だけど、わたしの船じゃん。わたし、船頭じゃん。漕いでいたいんだよ、自分で。でも、みっちゃんが言うんだよ。『あたしが潰れそうになったら、お姉ちゃんは生活保護受けたらい

いよ』って。『身内』ってそんながんばんなきゃならないものかね。わたし、みっちゃんをそんなにがんばらせないと生きていけないのかね。ていうか、みっちゃんの押し出してくる、あの強固な身内感覚ってなんだろうね。みっちゃん、ときどきそうなるんだよ。知らないひとみたいになるんだ」

結局、須藤が折れたかたちになったようだ。副作用が酷く、にっちもさっちもいかなくなったら、妹の家に下宿すると「なんとなく、そんなふうに、ぼんやりと」約束したらしい。すると妹は「俄然勢いづいて」、月々十何万かを須藤の口座に振り込むと決定したそうだ。

「父の保険金。一応ふたりで分けたんだ。受取人はわたしだったんだけど、わたしは全部みっちゃんのものでいいって言ったんだ。だって、父の世話をしていたのはみっちゃんだからね。わたしはバカ買い時代で、たまにお金振り込むだけで、ほとんどお見舞いにも行かなかったし」

須藤の父は膵臓がんだったらしい。発見が遅れ、転移もしていたそうで、入院期間はそう長くなかったようだ。保険金の扱いについては、以前から姉妹で揉めていたようだった。がんになっても須藤は「あれはみっちゃんのもの」と主張し、妹は妹で「だって、元々」と譲らなかったらしい。

「でも、これで四年はしのげるよ」

いくらなんでもそのあいだに働くし、と須藤は襟足の毛を持ち上げるようにし、「なんだかんだ言って、少し気が楽になった。お金はいい薬だね」と青砥を見た。

「お返しもする」

「なんの？」

「プレゼントの」

「もらったよ」

誕生日プレゼントの件だった。青砥も須藤と同じ五月生まれだったので、退院した須藤はお返しを気にし出した。すごく、ではなかったが、胸に引っかかっているようだった。「あれはほぼ手術ご苦労さんの意味だから」と青砥が言っても、須藤は「ふぅん」とネックレスの鎖に触れ、「青砥には借りが増えるいっぽうだなぁ」というような独り言を冗談っぽくつぶやいていた。ある日、枕カバーを渡された。紺地に白の水玉で、須藤のストーマの袋カバーとお揃いだった。青砥がそれまで使っていた枕カバーは、家に在庫してあった、沢庵（たくあん）みたいな黄色いものだった。退色が酷いのだが、破れてないので捨てられない、となにかの拍子に言ったのを思い出したようで、二枚、つくってくれたのだった。

「生地代は青砥持ちだったし」

「おまえ、それ言い出したらキリないぞ」

青砥はさっくりと笑い、「働き場所が決まったら、焼き鳥屋で一杯奢(おご)ってもらうわ」とあぐらをかいた足を組み直した。

須藤が入院した夜、ヤッソさんに誘われた。

それまでも声をかけられていたが、タイミングが合わなかった。「今日はちょっと」と断ると、ヤッソさんは薄い半白の髪を撫で、ちぇっという口をしていたが、回が重なると「野暮用か？」と空いた前歯を覗かせ、ニヤッとするようになった。久しぶりに誘いを受けたら、誘っておいて「いいのか？」と驚いた。

狭く、清潔とは言い難いヤッソさんの部屋で氷結ストロングを飲んだ。ヤッソさんはテレビに目をあてたまま、安西の後釜(あとがま)で入ったパートの評定をした。「お高くとまりやがって」というのがヤッソさんの意見の骨子で、「手ノロのくせしてずいぶん役に立ってるような顔して、時給が安いだの待遇がどうのって受け口でベチャベチャ文句言ってよ。アオちゃん、知ってっか？　あいつリリーに『まだ若いのになんでこんなトコいるの？　社員になれるわけでもないんでしょ』って言ったんだと。えらそーに。まぁおれもリリーにかんしちゃ思うところあるけどよ、でもいくらリリーにでも昨日今日入ったやつが言っていいことじゃねぇだろ。いや、おれがリリーに言ってやるならいいよ。まだ筋が通るよ。でも、あいつはダメだよ。ダメじゃねぇか？　どう思う？　なぁ、アオちゃん、どう思うよ？」と何度も言った。

「たぶん、すぐ辞めるんじゃないんですかね」

青砥は出来合いの惣菜をつまみ、そう答えた。三十代の受け口の新人パートの顔を思い描く。おおむねヤッソさんの見立て通りの働きぶりで、評判はよくなかった。本人も察しているらしく、つまらなそうに紙の束を数えたり郵送シールを貼ったりしていた。青砥の見方がヤッソさんとちがうのは、彼女のリリーへの接し方だった。彼女はリリーを気に入っていて、ちょっかいをかけているのだ。リリーは座った椅子の前のほうの脚を浮かせたり着地させたりしながら、「あーそうっすねぇ」としか応じてないが、口元が緩んでいるところを見ると、彼女のきもちを感じ取っているふうだ。できてる、という噂も昨日だったか、一昨日だったか、耳にした。

ヤッソさんがふらつきながら立ち上がり、冷麦を茹でる準備を始めた。時期外れだが、余ったので使い切りたいらしい。流しに両手をつき、横目で火にかけた鍋の湯の沸くのを見ながら言った。

「野暮用は今日はいいのか？」

「あぁ、今日はないんですよ」

「フラれたか？」

「いえ」

大五郎をちみっと飲んだ。ちゃぶ台に置いたグラスを見た。馬蹄型のホワイトホースの景品グラスには取れない曇りがあり、透明なはずの焼酎をぼやけて見せた。

「入院したんですよ、今日」

理由を手短かに説明した。須藤のことを他人に話すのは初めてだった。主語を省いた言い方で、だからなのかもしれないが、女の話をしていると感じた。すみずみまで馴染んだ女の話だ。

「そりゃ心配だなぁ」

冷麦をかき回しながらヤッソさんが訊いた。

「行ってやらなくていいのか？」

「けっこう大丈夫みたいで」

夕方、「今のところ、わりと平気」とＬＩＮＥがきていた。

「でも、行っとかないと後々なんか言われんじゃねぇの？」

「いや、むしろ来るなみたいな感じなんですよね」

ヤッソさんは青砥に顔を向け、ばぁっとおどけ顔をこしらえた。波の立つ海に浮かぶ小舟で作業するように前後に揺れつつ鍋の冷麦をザルにあげ、水道の蛇口をひねった。もうもうと立ち上る湯気が見る間に消えた。冷麦を水で揉むようにして、ヤッソさんが言った。

「アオちゃんは、そういうのがいいんだなぁ。意外だなぁ」

「そういうの？」

「気の強い跳ねっ返りさぁ。アオちゃんのカノジョ。ちがうか？」

「そうですね。だいたい、そうです」

「それはそれで可愛いよな」

「ですかね？」

照れくさそうに手の甲で口元を拭った青砥に、ザルにあげたままの冷麦をちゃぶ台にドンと置き、ヤッソさんが「なーにが『ですかね？』だ」と鼻で笑った。

「で、いつ終わるんだ？　それ」

ヤッソさんは盛大な音を立て、冷麦を啜り込んだ。須藤の抗がん剤治療のことを言っているようだ。

「来年の三月。順調にいって」と青砥が答えたら、「来年の三月か。待ち遠しいなぁ」とヤッソさんはタマネギみたいなかたちの顔をほころばせた。冷麦をたぐる手を止め、ちゃぶ台に肘をつき、箸の先を開閉しながら、落語の話を始めた。『幾代餅』という噺だった。ヤッソさんの贔屓は志ん朝だったらしい。

搗き米屋の若い者、清蔵が錦絵に描かれた幾代大夫に一目惚れし、恋わずらいに陥る。見かねた親方が一年間、一生懸命働いて給金を貯めたら、幾代大夫に会わせてやる、と約束する。清蔵は元気を取り戻し、仕事に精を出し、一年後、十三両と二分が貯まる。そこに親方がちょっと足して十五両になる。吉原に詳しい近所の医者に案内を頼み、親方から着物を借り、野田の醤油問屋の若旦那との触れ込みで幾代大夫に会いに行く。運よくその夜幾代大夫は空いていて、医者の顔もあり、清蔵は幾代大夫の大見世に上がることができ、それればかりか朝までみっちりと過ごすことができた。幾代大夫に「今度はいつ来てくんなます」（ヤッソさんはちゃんと花魁の口真似をした）と言われ、清蔵は洗いざらい白状し、また一年間金を貯めてきっと来る、と答える。「紙よりも薄い人情のこの世の中、ぬしのようにまことを打ち明けてくれる者はありんせん」と幾代大夫はこころ打たれ、来年三月、年季が明けたら「ぬし、あちきを女房にしてくんなますか」と所帯を持つための支度金五十両を清蔵に預ける。さぁ、それから清蔵は無我夢中で働く。「来年の三月」を唱えに唱える。用を言いつかるたび「はい、来年の三月」と返事をした。しまいには「おーい、来年の三月」と呼ばれて、「はーい」と答える始末。青砥が訊ねた。

「幾代大夫は約束を守ってくれたんですか？」

「当たり前だろ。幾代だぜ？」

ヤッソさんは胸をそらせ、「そんでふたりは夫婦になって、親方に店を持たせてもらったんだ。両国広小路にな。その店の名物が幾代餅よ」と言った。

「はい、来年の三月」

清蔵の科白が青砥の胸に残った。須藤は副作用に苦労した。脱毛こそなかったが、さまざまな症状が襲来した。回を追うごとに厳しさが増した。毒の花が次々とひらいていくようだった。もっとも立派な花が咲いたのが手と足、それと喉だった。冷たいものに触れると感電したような痛みが走るのだそうだ。足の裏は突起物などの刺激にも敏感になり、厚手の靴下が欠かせなくなった。温めることがいちばんの対処法で、須藤は手足はもちろん、肌に触れるものも温めた。衣服、下着、ストーマ装具、タオル、替えの手袋、靴下などな ど、温風がよく当たる位置に掛けたり、カーボンヒーターの前に並べた。

須藤の部屋の暖房は、第二の和室にある備え付けのエアコンと、持ち運び可能な小型のカーボンヒーターだった。古いエアコンは冷房は得意だが暖房は不得手のようで、めざましい威力を発揮しなかった。もとより須藤の部屋は安普請（やすぶしん）のせいか、それとも窓がやたらと多いせいか、冬場の寒さはひとかたならぬものがあったらしい。須藤は子犬を散歩させるようにカーボンヒーターを携えて二間の和室、台所と現在地を移動していたようで、カーボンヒーターをポチと呼んでいた。

飲み水も冷たいのはズキンと痛みが走るので、ぬるま湯以上の温度にしていた。湯を沸かそうと毛糸を着込み、手袋をはめ、靴下を重ねばきした上で、無印良品(むじるしりょうひん)で買ったムートンブーツを履き、ポチを連れて台所に行っても寒く、湯が沸くまでの短い時間が辛抱だった。ガス湯沸かし器のツマミを押し、温度調節をすれば飲みたい温度の湯が出てくるのだが、須藤のアパートの蛇口から流れる水は鉄サビの臭いがきつく、飲めたものではなかった。ミネラルウォーターを買う身分ではないと、普段から沸騰させた湯を冷まし、飲み水としていた。

下痢もあり、覚え始めたストーマ装具の交換の感覚がむなしくなった。「失敗」も増えた。大判のタオルを腹に巻きつけ予防兼暖房とし、それはわりあい上首尾だったのだが、洗濯はしなくてはならない。須藤の洗濯機はベランダにあり、型は二層式だ。急くように深まる秋の鋭さを増す風を受け、日ごと冷たくなる水に手を突っ込まなければならない。ガサガサと硬化する手に保湿クリームをすり込み、軍手と裏側に毛のついた厚手のゴム手袋を重ねると、痛みは軽減されるのだが、冬になり、寒さが本格化するにつれ、相対的に軽減の値がちいさくなった。また、ベランダ窓の建て付けが悪かった。越してきた当初からたびたび動かなくなった。仲介の不動産屋に何度か相談してものらりくらりとかわされていた。須藤としても破格に安い家賃だからと諦めてそのままにしていたのが、ここにきて不便のひとつになった。ことに困ったのが、開けたあと、閉まらなくなる場合だった。「閉めるチャレンジ」をしつこく繰り返し、情けなさと寒さとで「いい大人なのにべそをかきそう」になったころを見計らったようにベランダ窓の機嫌が直るのだそうだ。

　吐き気もあった。だるそうだった。食欲も落ちた。頬がこけた。指先が黒ずんできた。めまいも起きた。ふらつきもあった。減薬したそうだが、一日中ラジオをかけて、寝たり起きたりしているようだった。

　一月、青砥が訪れ、起き上がった須藤がポチを連れて第一の和室へと歩いたとき、足がもつれて転んだ。ポチは点火中だった。二間の和室、台所、どこにでも連れて行けるよう長い延長コードを付けていた。倒れたら消火の機能が付いているはずのポチなのに、火が消えず、瞬時、須藤の背なかを直（じか）に炙（あぶ）った。駆け寄り、ポチを須藤から引き離し、「大丈夫か」と振り向いた青砥に須藤が言った。少し笑っていた。のろのろとからだを起こすところだった。

「日本一気の毒なヤツを見るような目で見るなよ」

「んなことないよ」

須藤は青砥が離して置いたポチまでいざり、火をつけた。

「わたしなんか、まだいいほうだ。働いてるひともいる。もっと苦しんでいるひとがごまんといるんだよ」

縦長のポチのオレンジ色の火に照らされた須藤の横顔は、だから、こんなの大したことない、と言っていた。顎を上げ、唾を飲み込み、顎を下げた。痩せた喉が動いた。着込んでいるのでネックレスの鎖も見えない。

「ひとはひとだよ、須藤」

青砥は須藤のそばであぐらをかいた。また失敗するかもしれないが、須藤に教えたいことがある。

「おれは『日本一気の毒なヤツ』を見てるんじゃないんだよ。おまえを見てるんだ。はっきり言って他人なんかどうでもいいわ。おまえが辛いのが辛いんだよ」

「それもこれも引っくるめて、身から出た錆(さび)ってやつで」

須藤は目を落とした。膝を抱えていた。厚ぼったい靴下を履いたつま先をじっと見ていた。みっちゃんからのクリスマスプレゼントの「あったかグッズ詰め合わせセット」に入っていたフリースの靴下。模様はお茶目なトナカイで、その茶色い蹄(ひづめ)のあたりを見つめめる須藤の目に、これまで過ごした人生が流れて行くのが映ったようだった。後味の悪い結婚生活の一部始終や狂乱の一時期のツケが回ってきただけ、と自分自身に因果をふくめるような気配があった。それは、たしかに、弱音を吐きそうになる抑止力になるだろう。こうなったのは自分のせいだと。いわゆる自己責任だと。帳尻が合っただけだと。

　青砥はとてもゆっくりとこぶしを握り、その倍の遅さでひらいていった。須藤の言いぶんは、ウミちゃんの答え合わせストーリーと同じだった。そっちのストーリーに寄っちゃいけない。どうしてもだめだ。「それだけは言うな」と声が破れた。狭い部屋にひびき、須藤が驚いた目をした。

「それを言っちゃぁ、思う壺(つぼ)だ」

　空気をやわらげようと咄嗟(とっさ)に付け足した。

「だれの？」

　須藤の顔にはまだ呆然とした感じが残っていた。

「おまえを引きずり込もうとするやつ。おまえを縛り付けたいやつ」

　考えながら言ったら、須藤がかぶせた。

「そんなやつ、いるかね」

「悪の大王」

口をついて出た自分の言葉に思わず笑った。悪魔の親玉みたいなコスプレをしたウミちゃんのすがたがよぎった。つられて須藤も笑い、指先で目尻を拭うようにした。

「みっちゃん家に行ったほうがいいよ」

青砥はポチを指差した。またあんなことがあったら心配だ。

「それとも、おれんとこ来るか？」

前々から考えていたことだった。実現の可能性は低いと踏んでいた。相手がみっちゃんでは、分が悪い。みっちゃんは青砥よりきめ細やかな手助けができるにちがいなかった。須藤のことを思えばみっちゃん家で世話になるほうがいいだろう。一応言ってみたのは、選択肢がもひとつあると知らせたかったからだった。その用意があると須藤に知ってほしかった。

「青砥んとこに行く」

須藤はそんなに迷わなかった。

「わたしは青砥に助けを求めることにしました」

とちょっと威張った。「はい、来年の三月」。青砥は胸のうちでつぶやいた。この科白を合言葉にして、須藤とふたりで乗り切るんだ。「はい、来年の三月」。須藤とふたりで。

須藤の寝床は六畳間にした。二階の青砥の部屋で寝起きしてもらうつもりだったが、それだと階段を使わせることになる。転ぶと危ない。

青砥のシングルベッドのマットレスを運び入れた。床から離れたほうが暖かい。敷布団と大差ないと言えば言えるが、少しはマシなはずだ。ベッドパッド、シーツの上に毛布を敷いた。毛布は青砥の母が使わずに取っておいた大量のお返しギフトのひとつだった。洗い替えだって何枚もある。テーブルはギリギリまで縁側に寄せた。トイレや台所への動線をできるだけ広げ、寝床とのあいだにパネルヒーターを置いた。台所にはセラミックファンヒーター。どちらも母の愛用品だった。青砥は使っていなかった。居間のエアコンの暖房だけで不自由なかった。青砥は暑がりなほうなのだった。須藤と共寝すると汗だくになり、よく眠れなかった。そこで布団は須藤専用とし、青砥はタオルケットを掛けることとした。

この際だからと洗濯機を全自動式に買い換えた。スペースの都合で小型だったが、毛布くらいは洗えたし、乾燥機能も付いていた。電気代がかかると須藤は使いたがらなかったが。物干し場は駐車スペースに新設した。物干し台を置き、きらきらポールを二本渡し、須藤の物干し場ができあがった。従来の物干し場は二階のベランダにあった。須藤はそこでいいと言ったが、階段の上り下りの危険性を重く見ていた青砥は取り合わなかった。

須藤の物干し場へは縁側から出入りする。テーブルの位置を調整し、須藤の出入口を確保した。ベランダサンダルも買った。どちらからでも履けるオレンジ色のやつで、この代金は須藤が持った。「このくらいはわたしが！」と須藤が言い張ったのだった。天気の悪い日用として、居間にも室内物干し竿を渡した。ちょっとした出っ張りに取り付けられる竿受けを通販サイトで見つけ、それを用いた。須藤の背丈と毛布などの大物の長さを考慮したため、中途半端な高さの位置に、物干し竿が渡っている。

抗がん剤の点滴は日帰りでおこなっていた。二週間、自宅で服み薬を服用し、一週間休薬して一クール。スケジュール通り、つづけていた。副作用もつづいていた。指先の黒ずみが進み、足の爪も黒ずんだ。でこぼこした爪は次第にちいさくなった。いまにも剝がれ落ちそうだった。

二月。抗がん剤の点滴の日だった。

日中、須藤からＬＩＮＥが届いた。「ちょっと具合が悪くなって、みっちゃんに迎えに来てもらった」と書いてあった。みっちゃんに迎えに来てもらうくらいなら、「ちょっと」じゃないだろう、と青砥はたいそう気を揉んだが、みっちゃんが駆けつけた以上、静観するよりなかった。詳細はあとで聞くことにして、「了解。みっちゃんがいるなら安心だ。無理するなよ」と返した。ただし、腹のなかでは「だから言ったろ？　点滴は土曜にしてもらえって。そしたらおれが付き添えるからって」と繰り返した。

コンビニでマカロニサラダとコロッケを買い、家路に就いた。当分、須藤は妹の家にいるのだろうと思っていたのだが、窓から明かりが漏れていた。その明かりはいつもそっと暖かなのだが、そのとき、それはひときわ暖かだった。

冷たく黒い夜のなかで、幻灯機が映す縁日の賑わいのような懐かしさを放っていた。お面、ハッカパイプ、型抜き、射的。親の手を振りほどいて駆け寄った夜店の明かりに照らされて、筋者らしき風体の男に「これ、何円？」と訊く、自分の横顔がまぶたの裏を通った。それは平場のこどもの愉しみだった。平場のこどもは大人になって、窓から漏れる明かりをこんなに暖かいと思っている。玄関戸を開けるなり「ただいまーっす」と声を張った。後ろ手で玄関戸を閉め、「帰ってたのかよ、もういいのか」と靴を脱いだ。

「あらあら、どうも、おかえりなさい」

お邪魔してます、と須藤の妹が座面の高いひとりがけソファから立ち上がった。

「あ、どうも」

青砥は、しばし、上がり口で突っ立った。土間を振り向き、そういや一足多いじゃねぇか、と靴の数を改めて勘定したりしていたのだが、「ご無沙汰してます」とコンビニのレジ袋をコンロ台に置き、ダウンジャケットを脱いだ。

六畳間に入ってすぐの鴨居にネジで留めたコートフックに掛け、水飲み鳥みたいにお辞儀しながら妹の向かい側に腰をおろし、おろした途端、腰を浮かせた。お茶を出そうと台所に行きかけたのを妹が止めた。妹は「もう、なんか、勝手に。姉の指示で」と客用の湯呑み茶碗を両手で包んだ。「淹れ直しますよ」と言うと、「いえ、ほんとに」とふくふくとした笑みを浮かべ、辞退した。

須藤は寝床で眠っていた。点滴終了後に足が動かなくなったそうだ。こむら返りの酷いやつで、下半身ごとどこかに持っていかれたように硬直したようだ。病院から連絡を受け、妹が駆け付けたときには、少しよくなっていたらしい。須藤の希望で青砥の家に戻ったという。須藤は妹に、青砥の家で暮らしていると話してあった。

「『みっちゃん、もう帰っていいよ』と言われたんですけど、やっぱり心配で」

姉が寝入っても、青砥が帰宅するまで待っていようと決めたそうだ。妹が青砥の家を訪れるのは初めてだった。妹は「姉がすっかりお世話になって」と頭を下げ、「ご挨拶が遅くなり失礼しました」とまた下げた。

「いえ、こちらこそ」

青砥もお辞儀をし、「断りなく勝手な真似を」とモゴモゴとした口調でつづけた。「いえいえ、そんな」と妹もモゴモゴと言い、「いや、ほんとに」と返したりして、両者の頬がふっと緩んだ。

　結局、須藤の抗がん剤の点滴は今回で止めるそうだ。延期や再度の減薬といった案が出たらしいが、中止ということで落ち着いたらしい。今後は服み薬だけでいくそうだ。

「あと二クールなんですけどね。やっぱりかなり強い薬みたいで、なにかこう、からだに溜まるみたいで、治療が終わっても痺れなんかはつづくようなんですよ」

「つづくって、どのくらいなんですかね」

「ひとによるようなんですよねぇ」

　妹は姉の寝顔を見た。姉は洗濯した毛布とバスタオルが垂れ下がる、ごちゃついた六畳間で寝息を立てていた。

「いまより軽くなっても酷くなることはないでしょう。それだけでも、だいぶ、ねぇ？」

　妹が青砥に目を戻した。青砥は「そうですね、だいぶ楽になるでしょうね」とうなずいた。洗濯物に視線をあげ、「ガチャガチャしてて」と頭を掻く。「あぁ」と妹も洗濯物を見て、柔和に目を細めた。

「実家、って感じですよね」

　言って、軽く口を閉じた。両唇を巻き込むようにし、ポンと離して言う。

「実家でちゃんと生活してる、って感じ。ほのぼのっていうか、しみじみっていうか。あーお姉ちゃん、よかったなーって」

ほら、うちのお姉ちゃんって、「ほのぼの」とか「しみじみ」とか、あんまり得意じゃなさそうじゃないですか、と妹は尻で歩くような動きでテーブルににじり寄り、身を乗り出した。「ねー」というふうに首をちょっとかしげる。最前とは顔つきが明らかに変わっていた。黒目がいきいきとかがやき、話したいことを話すときのウミちゃんの目に似ていた。ウミちゃんの目から「ぬるっ」を引き、そこに、純然たるワクワクを足したようだった。

「お芋のお粥がお得意なんですって?」

言われて、「あ」と口元に手をあてた。座り直して、咳払いをひとつ。蒸したサツマイモをちいさく切ったのと黒砂糖とをお粥に混ぜる料理だった。「抗がん剤　副作用　食事レシピ」を携帯で検索して見つけた。食欲のない須藤が喜んで食べる一品だった。

「簡単なんですけどね。よく食べてくれるんで」

「美味しいんですってねぇ。あと、キノコ鍋とか鱈ちりとか。アブラゲとほうれん草のあえたのとか」

「いや、調子いいときは須藤もやってくれます」

「須藤?」

ほんとに「須藤」って言ってるんですね、と妹は笑いたそうなのをこらえる顔つきで言った。青砥が失礼を詫びる暇も与えず、つづけた。

「お姉ちゃんがカレシを『青砥』って呼んでるって言って、みんなで『それはないよねー』って呆れたら、『青砥もこっちの苗字呼び捨てだよ』って」

「みんな？」

「お正月。娘と息子が帰って来てて。そこで正式発表っていうんですか、ちょっとこう、記者会見みたいな感じになって」

元日、須藤は妹の家にあそびに行った。大晦日は青砥と過ごした。自分たち一家と姉とで年越しするつもりだった妹から、「どうして！」とけっこうな剣幕で詰め寄られ、白状したというところまでは須藤から聞いていた。それまでも怪しまれてはいたが、はぐらかしていたようだった。

「もう、たいへんな盛り上がりで」

妹の娘がテレビのリモコンをマイクに見立て、「お相手」のプロフィールを質問したそうだ。最初は「いい加減にしろ」とクッションを投げる振りをしたり「疲れた」とか「あ、熱が」とぐったりしてみせて嫌がっていた須藤だったが、訊くだけ訊かせて、短く答え、早く終わらせる方向に舵を切ったらしい。たぶん、実際、疲れたのだと思う。妹もそう思ったようで、娘に注意したそうだ。須藤はソファの肘掛けに頭を乗せ、横になったようだった。指しゃぶりする胎児のようなすがただったという。質問にたいする答えも遅れ出したそうだ。

「さすがに娘も気づいて、『順調な交際がつづいているようですね』と締めくくって、『ヨッコおばちゃん、ごめんね。疲れさせちゃったね』って謝ったんですけど、お姉ちゃんが」

青砥は黒が似合うよ、ってうつむき、低く笑ったそうだ。「けっこうカッコいいほうだ」と、妹の娘のふたつ前の質問に答えたらしい。「男っぽいけど、でも、お母さんみたいにやさしい」と須藤はつづけたという。質問は、「お相手はどんな方ですか？」だった由。

「お母さんって」

苦笑した青砥に妹が訊ねた。

「中学校の同級生だったんですって？」

妹の娘の最後の質問は「おふたりの出会いは？」だったそうだ。

「そうです。去年の夏、ばったり会って」

公園で話をしたことを思い出した。その前に、中央病院の売店で須藤を見つけた場面が浮かんだ。焼き鳥屋で会ったとき。須藤のアパートに初めて行ったとき。がんだと聞いたとき。須藤と再会してからのこれまでがスライドショーのように流れた。半年ちょっとしか経っていないのに、記憶のなかのふたりは若く、ぎこちなかった。

「ええ、ええ、そうなんですってねぇ」

妹は忙しくうなずき、

「お姉ちゃん、ちょっとがんばったんですってね」

と「全部、聞きました」という表情で顎をちょっと出して、引っ込めた。「いや、それは」と言いかけた青砥を「みなまで言うな」の風情で制す。笑いたさが急激に募ったようで、肩を震わせながら「青砥さんはお姉ちゃんの、はっ」で我慢できずに噴き出し、やっとの思いで、

「初恋の君なんですってね」

と言い切り、腹を抱えた。

「『君』って言うな、『君』って」

寝床から須藤が抗議した。「ほんとやだ、そういうの」と寝返りを打ち、「みっちゃんのおしゃべり」と背を向けた。

「やだ、起きてたの？」

妹は須藤に声をかけ、

「昔っから『おしゃべりみっちゃん』で」

と青砥に顔を戻し、ゆっくりとお辞儀した。頭を上げた妹は笑っていなかった。にこやかにはしていたが、大人の風格とでもいうものがただよっていた。真面目に育った、家族思いの大人が、遠慮がちに質しつつ、控えめに願い望むというふうだった。

「お姉ちゃんを、どうか」

聞こえるか聞こえないかくらいの音量だった。妹は再びふかぶかと頭を下げた。

「はい」

と、青砥は受けた。不定形の「案件」がかたちを持ち始めたように思った。おれは須藤と一生いくのか。そんな言葉が胸の底に潜っていった。問いかけだったが、疑問符は付いていなかった。ルートは見えていた。すごろくみたいなチェックポイントを越えていったら、出現したルートだった。アイドリングから走行へと自動的に切り替わり、夢中で走っているうち、友人ルートも、別離ルートも消えていた。ひらけたのは、離れがたいというルートで、ふたつの藁(わら)の束を絡み合わせて丈夫な縄にしたような、そんな手応えが青砥にあった。たぶん愛情というやつだ。

七「それ言っちゃあかんやつ」

服薬のみになった抗がん剤治療が終わった。その一ヶ月後、須藤はアパートに戻った。四月の下旬だった。

手足の痺れは残っていたし、指の黒ずみもまだ退いていなかった。落ちた体重もすっかり戻っていなかったが、独り暮らしをするぶんには差し支えなさそうだった。

肌寒い日もあったが、我慢できないほどではなかった。水道水には多少冷たさが残っていたものの、それだって青砥が須藤を引き止める力強い理由にはならなかった。「洗濯機、いつでも使いに来いよ」と合鍵を渡すのがせいぜいだった。アパートに戻る日曜日、青砥は須藤と、自然と増えた須藤の荷物を載せて、車で送った。服やら下着やらタオルやら本やらをアパートに運び入れたら、須藤が頭を下げた。

「お世話になりました」

「えらい他人行儀だな」

「親しき仲にも礼儀ありだ」

そういうことはちゃんとしないと、と言う須藤の顔は「晴れやか」を絵に描いたようだった。早速スティッククリーナーの充電を開始し、水道の蛇口をひねった。赤黒い水が勢いよく流れるのを見て、ベランダ窓を腰を落として持ち上げるようにして開け、洗濯機に注入する水道水の蛇口も全開にした。部屋のすみずみに目を走らせ、「意外ときれいだね。やっぱり、ひとがいないとホコリが立たないんだねぇ」と感慨深げにつぶやき、「畳の匂いがする」と息を吸い込んだ。くるりと踵を返して台所の水を止めに行き、ドタバタと戻って来て洗濯機に注入する水を止めた。

「初心に返った感じがするよ」

憎らしいくらい可愛い顔で青砥を振り返った。

「引っ越してきたときを思い出した。ここから始めるんだ、っていうね。そんな意気込みがフツフツと」

須藤は腕組みして、青砥を見上げた。

「ありがとう」

「どういたしまして」

青砥はジェントルに応じ、微笑した。須藤も無言で微笑んだ。静かで、もの柔らかな雰囲気が部屋に満ちた。ふっくらとした春の日差しがいっぱいに差す部屋は明るく、一区切りついたという実感がいやでも込み上げた。

「買い物でも行くか？」

当座の食材の買い出しを提案した。須藤の冷蔵庫は空っぽだった。車があるから買いだめできる。

「あ、チョコチョコ買いするから」

須藤は手のひらを青砥に向けた。「チョコチョコ買い」は、手術後、須藤が実践した買い物法だった。体力回復と運動のため、なるべく歩きたいのだが、漫然と歩くのは須藤の性分に合わないらしく、すぐに飽きてしまった。そこで買い物という目的を付加したのだった。毎日、少し遠回りして近所のスーパーに行くか、遠くのスーパーに行くかして、食材や日用品をひとつふたつ買ってくるようにしている、と言っていた。どのスーパーに行くかはサイトにアップされたチラシを携帯で見て決めるそうで、「節約にもなる」と得意そうだった。

「そうか」

でも、今日は買い物の量が多くなるんじゃないのか、と言いたかったが、「リュックがあるよ。そのくらい平気だよ」とせいせいした表情で返されそうで、口に出せなかった。辞去することにした。須藤は早くひとりになりたそうだった。再びひとりの生活に戻れたことを、こころゆくまで嚙み締めたそうに見えた。

「なんかあったら、すぐ連絡しろよ」と声をかけて、靴を履いた。「うん」と須藤は上り口に立ち、青砥が開けた玄関ドアを押さえ、顔を覗かせ、手を振った。

「ありがとう」

よく通る、いい声だった。須藤の回復を信じるに足りた。今後は三ヶ月おきに診察と腫瘍マーカーのチェックを受ければいい。三年経ったら半年に一度でよくなる。そのほかにも定期的に受ける検査はいくつかあるようだが、それらのチェックポイントをひとつひとつ通過することで、須藤は「寛解」に近づく。最初のチェックポイントは六月だったが、これはまず問題ないだろう。化学療法を終えて三ヶ月後に「なにか」が起こるわけがない。となると、気合いを入れて臨むのは次の九月の定期検査か。

「お母さんによろしくね」

青砥は「おぉ」と外階段を降りながら、振り向かずに軽く手をあげた。日曜は、青砥が母を訪ねる日だった。須藤が青砥の家にいた折も、出かける青砥の背中にそう声をかけた。青砥は「早く帰ってくるから」と応じていた。あのとき、須藤の声は喉からしか出ていなかった。青砥だけが頼りというようだった。

青砥の生活も元に戻った。

月曜から金曜まで働いて、日曜が休み。土曜は隔週で出勤する。納期が迫ったら残業し、すべて納めたらお疲れさんと有志で一杯やる。たまにはヤッソさんとも飲む。ヤッソさんのくどくどと繰り返し述べ立てる意見に少しうんざりしつつも当たり障りのない相槌を打つ。「カノジョ、元気かい？」と訊かれたら、「元気で、元気で」と答える。昼休みはパートさんのだれかかれかと二言三言のやり取りをして、弁当を自転車で買いに行き、自転車で戻り、その日テーブルで隣り合わせた同僚と話した途端に忘れるような話をしながら食べる。食後はだいたい携帯をいじる。ニュースを見るか、ツードッツであそぶ。土曜は昼まで寝て、洗濯。気が向けば掃除もする。足りないものをスーパーまで買いに行き、日が落ちたらテレビを観ながら酒を飲む。日曜は施設に母を訪問する。担当の職員から近況を聞き、「どちらさま」、「息子の健将」、「死にました」の会話をする。衣服や下着の替えを交換したり、月に一度、箱買いしたネクターのひとつひとつに「青砥」と名を書く。

それは須藤と再会するまでの「元の生活」だった。四年間、だいたいそのように暮らしていた。そのころ一度、繁忙期に短期で雇った派遣バイトと関わりを持ったことがあった。

契約終了時に「お別れ会ひらいてください」と囁かれ、飲みに連れて行ったら、なるようになった。髪の長い、すらりとした、三十いくつだったかの女だった。食べ物の好き嫌いが激しく、また少食で、そのことをなぜか美女の条件と得意に思っているふしがあり、そこが鼻についた。学生時代は新体操の選手だったらしく、からだが非常に柔軟で、そこは相当よかったのだが、長つづきしなかった。

青砥の戻った生活は、須藤と再会後の「元」である。といっても、須藤のアパートに行くだけだったのが、須藤が青砥の家にも来るようになったのだから、完全な「元」ではない。関係性にも変化があった。須藤とは、付き合っているというよりも、も少し深く根を張った間柄だと青砥は思っている。

なのに須藤はあっさりと「元」に戻った。預かっていた犬が飼い主のもとに帰るように勇んでアパートに戻り、「やっと我が家に帰って来たぞ！」と歓喜していた。付き合っているというよりも、も少し深く根を張った青砥との関係を、単に一個の事実としてすんなり受け入れているようだった。独り者の男女が恋人同士として、安定した、よい関係をつづけているというふうで、それはその通りなのだろうが、青砥は、なにか、釈然としなかった。

須藤が青砥の家にいた三ヶ月間があまりに濃密なのだった。

須藤がアパートに戻ってからの物足りなさは日が経つにつれ薄まっていったのだが、張り合いを失くしたような、青砥のこころの芯を食うような寂しさはなかなか消えてくれなかった。青砥は、どこかで、一区切りついたあとでも、須藤と暮らすものだと思っていた。それがふたりの道筋だと決めてかかっていたようだった。取り残された感じがする。出て行った者と、出て行かれた者のちがいかもしれない。だが、妻が去ったときは、こうではなかった。捨てたと感じた。母を施設に入れたときも同じだった。どちらにも寂しさはあったが、須藤がアパートに戻ったあとに生じた、この先ずっと、ひとりで、立ち泳ぎで、遠泳をつづけていくような感覚はなかった。

仕事が退け、それがいわゆるひともしごろで、暗くなった空にはまだ水絵の具で塗ったような赤い夕焼けが残っていて、だけど架空線は黒いというそんななか、自転車で帰った我が家が、まるでただの建物というようにそこに建っているのを見ると、女のような吐息が漏れた。須藤はいないんだな、と思った。

青砥を励ますのは、須藤の妹の言葉だった。座面の高いひとりがけソファに座り、そのままにしてある須藤の寝床や、物干し竿や、縁側の物干し場や、全自動洗濯機にゆっくりと視線を転じ、「初恋の君」という言葉を舌の先で転がす。再会したときの「お姉ちゃん、ちょっとがんばったんですってね」という言葉をふくみ、味わう。「青砥は黒が似合うよ」。

「けっこうカッコいいほうだ」。「男っぽいけど、でも、お母さんみたいにやさしい」。次々と思い出し、声を立てずに笑う。須藤の寝床に入り、目をつぶると、体調が悪くて風呂に入れなかった須藤の首の後ろのにおいがときによみがえった。肛門を閉じた傷跡を「なんか、つい、さわっちゃうんだよねぇ」と言っていた須藤の声が時に聞こえて、会いたくなった。

須藤のアパートで晩飯を食べていた。

メインは鶏の胸肉と豆苗を須藤特製オリーブオイルで焼いたものだった。料理に取りかかるとき、須藤は特製オリーブオイルの説明をした。「ローズマリーとニンニクと鷹の爪をオリーブオイルに浸して」というのは、前に聞いたことがあった。だが、「ローズマリーは値段が生意気だから、ひそかに栽培してるんだ」というのは初めて聞いた。

ちょっぴりしか使わなかったローズマリーの残りを、水を入れたちいさな空き瓶に挿し、発根したのをアパートの隣の駐車場に植えているのだそうだ。レンジ台兼食器棚の上に置いた、水を張った深めの大皿に入れた豆苗を指差し、「あそこが根を生やすときの定位置」と教えた。なお、豆苗はその後二回は収穫できるそうで、「三回めからは正直キツい」と須藤は親指で鼻先を弾いた。

「二年間、何度も根を生やしては植えるを繰り返したら、自給自足できるようになった」らしく、「あそこの駐車場のあのあたりをわたしの領土としたんだ」と威張った。「わたしの菜園だ」と腕組みをし、大きな黒目をくるりと動かした。泣きぼくろも一緒に動いた。

青砥を現場に連れて行き、「こちらでございます」と輪留めの後ろの細長いスペースに並んだ背の低いローズマリーを紹介した。薄紫のちいさな花を咲かせているのがあった。須藤に勧められ、匂いをかいでみた。野蛮なほど純真な香りがした。

アパートに戻るとき、「鉢植えかなんかで育てりゃいいんじゃないの？　わざわざあそこに植えなくても」と言ったら、「家のなかに土があるとゴキブリ出やすいっていうし」と襟足をさすりながら、あくびをするように理由を告げた。さもどうでもよさそうな言い方だったので、「ゴキブリ、苦手なんだ」とからかったら、「好きなヤツがいる？」と顔をしかめた。

キャベツと油揚げの味噌汁と、小松菜のおひたし。それらを食べ終え、青砥の持参した佐藤錦を食べた。ヤッソさんがこっそりくれたものだった。ヤッソさんの親類が山形にいて、毎年送ってくるのだそうだ。以前にも、ヤッソさんのアパートでご馳走になったことがある。ヤッソさんは、仕事が退けて自転車に乗ろうとする青砥に音もなく近づき、「カノジョにやんな」とレジ袋に入れたのを、やばいクスリを流すように渡し、礼を言う前に

「いいってことよ」というふうにその場を離れた。

「売店で働けることになりそうだよ」

佐藤錦をつまみ上げ、須藤が言った。真っ赤な丸いのを口に入れ、「甘いっ」と種をボウルに吐き出し「美味しー」とじたばたしたのち、「こないだ連絡したんだ」と説明した。

須藤が連絡したのは、中央病院の売店を担当していたエリアマネージャーだった。回復したら、また働けるよう便宜を図るので連絡するよう言ってくれていた。

須藤はストーマの件をふくめ、未だに残る手足の痺れや指先の黒ずみなど、すっかり話したらしい。ただし、ストーマの臭いは恐らくそんなでもないはずで、シフトに合わせて食事の時間を調節するのも可能であり、例えば六時間の勤務なら、トイレに行くのは一度かせいぜい二度で済むと思う、トイレに要する時間はひとより少しだけ長いかもしれないけれど、そんなに迷惑はかけない、頻繁にトイレにこもらないよう体調管理に気を配る、指先の黒ずみは、ことに爪の着色は、マニキュアでなんとかなると説明したそうだ。

エリアマネージャーは「なるほど」と相槌を打ち、いくつか質問し、「平日の朝番だけというシフトにして、最初は週一か週二か、そのくらいから慣らしていけば、やれそうですかね」と言ったらしい。開店から午後一時までの朝番の最大のピークは、正午からの一時間だそうだ。開店時も少しは客が溜まるが、大忙しというほどではないようだった。閉店までの遅番は、だらだらと客が来る場合があるらしい。

「ちょっと上に相談してみます。病院内の売店ですから、さまざまなお客さまが来店されますからね。須藤さんはきっとお客さまのきもちに沿えると思いますし。須藤さんの存在は励みになると思います」と彼は電話を切ったそうだ。

「いや、べつにわざわざアピールする気はないんだけどね」

須藤は少し笑った。

「かと言って、とくに隠す気もない。そこはかとない不安はないと言えば嘘になるけど」

マネージャーが勧めた売店は須藤が勤めていた中央病院ではなかった。中央病院なら徒歩で十分もかからない距離だが、マネージャーの提示した店は電車で二十分ほどかかる。中央病院よりも規模の大きな病院で、同僚の数も多い。気心の知れた少人数の仲間と許し合って働いてきた病み上がりの須藤にしてみれば、気をつかう場面が増えるだろう。

「クサくないのにクサいとか、ほかのひとと同じ回数だったとしてもトイレこもりすぎって陰口きかれるのは想定内だし、なんとなくイヤってひともいるだろうし」

須藤は佐藤錦の茎の先をつまみ、アメリカンクラッカーのように揺すった。

「でも、人数に余裕があると、もしものときに休みやすくて、そこはいいんだよね。読めないのは、わたしの体力とか、やっぱりお客さんの反応とか」

パクッと食べて、言った。

「それは始めてみないと分かんないから」

「試しにおれの会社でやってみるか？」

須藤の不安は要するに「仕事を再開すること全般」に見えた。そして、繁忙期に入る青砥の勤め先では短期の派遣を募集していた。人材派遣会社に一任しているのだが、ひとりくらいならねじ込める。

「安西、いないし。めんどくさいパートさんは辞めたし。おまえの働く場所は二階で、おまえはほかの派遣さんとひとかたまりで仕事する。そのひとたちはおまえの同僚になるけど、短い期間の限定だから人間関係は煩わしくないはずだよ。勤務時間は売店より長いが、座り仕事だ。おれの仕事場は三階だ。昼飯は二階でとる。だからまー昼休みは顔を合わせることになるんだけど、そんな気にならないだろ？」

須藤は、吐き出した種を手のひらで受け、それをボウルに落とした。手のひらをオシボリで丁寧に拭き、「また青砥の世話になるのかー」と難しい顔をしてみせ、「青砥なしでは生きていけないカラダになっちゃう」と両肩を抱いてイヤイヤをしてみせたりしていたが、

「ヤッソさんに会えるかな」

あと、リリーさんにも、と小声で言った。

「会えるよ。会ってガッカリするがいい」

青砥は会心の笑みを浮かべた。「よし、決まり」と手を打ったら、満足感が腹の底から湧き上がった。

青砥の勤め先で働く前に、池袋まで買い物に行った。

ストーマの袋が隠れる、着丈長めのシャツを探した。ジーンズはネットでマタニティ用のを購入済みだった。腹の部分を伸縮性のある布で覆うもので、ウエスト調整のボタンは両側に付いているらしい。「マタニティ用じゃなくてもイケるかもしれないんだけどね」と須藤は言った。「でも、わたしはまだストーマ初心者だから、サイトで推奨されてたのを用意したんだ」と付けくわえた。

西武の無印良品、東武(とうぶ)のユニクロ。初見ではどちらにも須藤の気に入るシャツがなかった。西口のベックスで休憩し、須藤が「もう一度見てみたい」と白いシャツのあった無印良品に再度赴いたが、「やっぱりなんかちがう」と買わなかった。着丈長めのシャツは、小柄な須藤にはバランスが悪かった。柔らかな生地のチュニックとかいうやつが須藤の好みのようだったが、色が灰色か紺だった。売店勤めでも着ることを考えると白以外の選択肢はなく、残念がった。

「ポロシャツでいいような気がしてきた。たくさんあるし。そんなにピッチリしてないし、すごく短いってわけでもないし」

結局、須藤の買ったのはスニーカーだけだった。予定にはなかったが、前々から欲しいもののひとつだったらしい。それまで履いていたのは、毎日のチョコチョコ買いで「ボロに磨きがかかって、もう限界」なのだそうだ。須藤はさほど迷わずに紺色のスニーカーを選んだ。レジに持っていく途中、小鳩（こばと）が鳴くような音が漏れた。須藤は慌ててストーマ袋を握って黙らせようとした。須藤が気にするほど耳に立つ音ではなかった。隣にいた青砥ですら「ん？」と思う程度だった。「だいじょぶ、分かんないから」と囁いたら、「いやいや、フツーに出ちゃうときもあるんだって」と須藤が答えた。すかさず青砥は「知ってるって」と返した。須藤のオナラなら、ちいさいのからデカいのまで知っている。「知ってたら言うな」と須藤が打つ真似をし、青砥は笑って避ける振りをした。この日もっとも大きなしあわせを得た瞬間だった。

須藤とふたりで都内に出かけるのは初めてだった。

ふたりで電車に乗るのも初めてだった。青砥の車は車検に出していた。

デートらしいデートをしたと思った。

女の買い物に付き合うのも久しぶりで、妻の香水選びに立ち会った以来だった。

結婚何年目だったか、誕生日だったか、とにかく記念日のプレゼントを買いに行ったのだった。東武の香水売り場で、妻は「軽過ぎず、重過ぎず、女らしくて、ちょっとだけ個性的」な香りを希望し、店員があれこれ勧めた。最初はシオリのような紙にちょっぴり染み込ませたものをかいでいたのだが、肌で温められて初めてそのひとだけの香りになるのだそうで、手首やら耳の裏やらに試し付けを始めた妻は「どの香りが似合うと思う？」と流し目を使い、「いかがかしら」というふうに科をつくり、青砥に手首やら耳の裏やらをかがせた。たいそう居心地が悪かった。人前で古女房を愛撫するようで、顔から火の出る思いだった。

須藤ならどうか、と考えてみた。須藤なら、「どれが似合う？」と青砥にかがせたりはしないだろうが、もしも仮にと想像した。やっぱり、いやだった。こっぱずかしい。勘弁してくれと思う。

だが、須藤との初めてのデートらしいデートを思い返すと、着丈長めのシャツを羽織ってみる須藤を見つめるまなざしや、「そうだな」とか「疲れてないか」と須藤にかける声の調子や、洋服選びに夢中になって、よその客の通り道をうっかり塞いでしまった須藤に、肩のあたりを軽く押して、気づかせてやったりしたときの「感じ」は愛撫と言っていいようだった。青砥がもっとも大きなしあわせを得た冗談のやりとりは、まさに愛撫で、というよりむしろ、事後のやりとりめいていた。

その「感じ」は、昔、妻とのあいだでもたしかにあった。恋人という関係が熟れていくさなかだった。コップのなかの氷が溶けていくように、いつしか消えた。香水売り場での妻は、コップを揺すり、ちいさくなった氷の音を立てていたのかもしれない。

付き合っているというよりも、も少し深く根を張った間柄となった須藤との恋人同士としての時間が、得難いものに思えてきた。それはそれで、たぶん、濃密な時間だ。

この日、須藤は新品のマタニティ用デニムに、胸元でリボンを結ぶ、裾広がりの、紫と白の縦縞の、パリッとした、七分袖のブラウスを着ていた。リボンの結び目からネックレスの円い三日月がちらちらと、きらきらと覗いた。白い透かし編みのカーディガンを手に持っていて、靴は甲の浅い白の革靴だった。季節のわりには厚い靴下を履いていて、細い足首で少したるんでいた。

忘れないために覚えたのではなかった。青砥の目が勝手に覚えようとしたのだった。西武の美々卯で温かいうどんを食べたとき、うどんから立ちのぼる湯気に「むはーん」と擬音をつけた須藤の口元も、ホームで電車を待つあいだ、「青砥、今日、うちに寄ってくんでしょ?」とたしかめた須藤の目つきも青砥の目は覚えたがった。

五月二十二日から六月二日まで須藤は青砥の勤め先で派遣バイトとして働いた。

拘束時間は九時五時で、昼の休憩が一時間。須藤の仕事は株主総会用パンフレットの検品だった。キズ、コスレ、汚れ、ヤブケ、乱丁、落丁、増丁、ズレ等々、一部ずつチェックする。集中力の要る作業なので、一時間に一度、十分の休憩が入る。時給は千円。十分休憩は引かれないので、一日七千円。交通費は出ないが、残業代はつく。基本的には土日も出勤だった。派遣会社が人員を調整し、それぞれの希望に合わせ、週に二日の休日がある。

須藤は一時間に一度の十分休憩内にトイレに行けない場合がしばしばあった。混み合う時間帯なので遠慮するらしい。ゆえに勤務中に離席しなくてはならず、それが派遣バイトの「ベテラン軍団」の目についたようだった。

青砥の勤め先に雇われた派遣バイトの大半が、短期勤務を繰り返すひとたちなのだと須藤が説明した。交通費が出ないので、自宅近くの現場に応募するため、顔を合わせる機会がたびたびあり、大半がなんとなくの顔見知りであるらしい。自然と仲よしグループに分かれるそうである。毎年派遣バイトを募集する青砥の勤め先には、二度目三度目の雇用となる「ベテラン」が数人いて、自ずと彼女たちが現場で顔を利かせるようだ。

昼休みに座る「わたしたちの席」を決め、「わたしたち」以外がそこに座ると「エー」

と言って、離席するまでそばに立っていたりする。社員さんやパートさんとお喋りして、「ここって未だに土曜は隔週休みなんだって」といったちょっとした情報を仕入れたりもする。仕事中は社員さんに不明点を質問したり、次の作業の指示を仰ぐ役を受け持ったりするようだ。

派遣バイトは四、五人で班を作り、一社のパンフレットを検品するのだが、彼らを取りまとめる班長は、ほとんど社員さんの指名したベテランで、新顔が指名されたら、「抜擢」という雰囲気になるそうだ。

つい勤務中にトイレに行ってしまう須藤は、「ベテラン軍団」のなかでもっとも滑舌がよく、頭のよさを持て余しているような、キャリアウーマン風の三十代の女性を選び、理由を打ち明けた。「昼休みに行けたらいいんですけど、トイレの前にずらっとひとが並んでいると、落ち着いて処理できないんです、ひとりだけサボっているようで、申し訳なくて」と詫びを入れたら、キャリアウーマンは「そうだったの」とたちまち飲み込んだ。どこかの現場で須藤と同じ境遇の女性がいたらしい。「まだ若いひとだったよ」と思い出すような顔つきをし、「気にすることないって」と励ましてくれたという。

それから須藤は彼女の班のメンバーになった。朝、班長が座ったテーブルに集まった者たちがその日のメンバーとなるシステムなのだが、班長が「こっち、こっち」と手招きした者は優先的にその班に入れる。

「これでわたしの立場は盤石になったわけだ」

須藤は愉快そうに笑った。平場で揉まれることには慣れているというふうだった。さすがに「ベテラン軍団」には入れないので、昼休みはひとりで過ごしたそうだ。手づくり弁当を食べたあとは、本を読んだり、少し話をするようになった須藤と同じ新顔の派遣バイトに「メルカリの活用方法」を教わったり、ストロベリーチョコレートを分けてもらったりしていたらしい。

青砥は、二十歳くらいの女性の手にした携帯を覗く須藤を見かけたことがあった。女性が指先で携帯の画面を動かし、なにか言い、須藤は「ほー」と感心したように口を動かしていた。

繁忙期ゆえ、青砥のとる昼休み時間はチャイム通りにならなかった。大抵ずれ込み、弁当を買いに出るときに、須藤のようすをチラと見るくらいだった。仕事中の須藤も見かけた。不織布のキャップをかぶり、朱色の指サックをはめた指でパンフレットをめくってい た。前かがみの姿勢だった。けっこうなスピードでめくっていた。ミスを見つけ、「はい」と手をあげ、社員に知らせるところも目にした。

青砥の頬に思わず会心の笑みが浮かんだ。満足感が込み上げた。それは須藤を自分の勤め先で働かせることになったときのものとは種類がちがうようだった。

あのときは、須藤を自分の陣地に取り込んだような、自分の力を知らしめたような、要は「どうだ」というような、そんな感覚があった。けれども不織布のキャップに髪の毛を全部入れ、丸出しとなった顔に老眼鏡をかけ、真剣にパンフレットのページをめくり、しかもわずかのあいだに熟練とまではいかないが、作業の速度があがっている須藤を見ると、そんなことはどうでもよくなった。

まことに嬉しい。須藤が働けるようになってよかった。どうせ派遣バイトだからと適当に手を動かして、日銭を稼ごうとする者が少なからずいるのだが、須藤がそうでなくてよかった。いや、須藤がそういうやつじゃないのは知っていたが、この目で見られてよかった。どうか大過なく二週間やり切ってくれ、と腹のなかで願った。


青砥は、週に三日は須藤のアパートに行った。

須藤のようすを見るためというのもあるが、同じ職場にいることで共通の話題が増え、そんな話ができるようになったのが、楽しかった。たとえば、こんなふうに。

「リリーさんって分かったような気がする。今日、黄色っぽいチェックのシャツ着てたよね」

ホワホワの髪の、と須藤がリリーの癖毛を両手であらわし、目尻をちょっと下げて引っ張り、細い目をしてみせる。

「たぶん、そいつ」

なんでも屋のリリーは派遣バイトの雇用期間は二階に降り、彼らのフォローを受け持っていた。

「ヤッソさんがハッキリしないんだよね。一階の倉庫っぽいとこでフォークリフト動かしてるひとでしょ。わたしのイメージでは、ほら、休憩時間に壁に寄っかかっていつもワンダの金の微糖を飲んでるあのひとじゃないかなと思うんだけど」

本人は真っすぐ立ってるつもりなんだけど、なんかちょっと傾いて見えるひと、と須藤が立ち上がり、真似してみせる。

「確実にヤッソさんだわ」

青砥はからだを揺すって笑う。「やっぱり」と須藤も笑い、話題が変わる。

「しかし、案外、ミスって多いもんだね。どれもよーく見ないと分からない程度なんだけど、たまにどでかいやつがある」

「こっちも一所懸命やってるんですけどねぇ」

すんません、と頭を掻くと、「いや、全然少ないよ、ほとんどないって言っていいくらいだ」と須藤、ちょっと慌てて。

「さっき『案外、ミスって多いもんだね』って言ったじゃねーか」

「あくまでも『案外』だ。完璧なのが普通だと思ってるからね。総体的に見ると、ないも同然だよ。ミスはないか、ミスはないかって必死で探して一日何個か見つかるくらいなんだから」

「でも見つかるんだよな。助かるよ」

青砥が苦く笑う。ふと疲れの影が顔に差したような気がする。一拍置いて須藤が言う。

「だって、青砥、忙しいし。いろんな紙の種類あるし。ほんと厚さも手触りもそれぞれちがうし。でも見開きでひとつのグラフが載ってるとき、横軸とかがピタ一ッと一本の線になってたりすると、青砥、すげーって思うよ」

「それは、まぁ、仕事だから」

青砥は伸びをし、横になる。「ちなみに忙しいとかそういうのは理由にならない」とオリーブグリーンの座布団をふたつに折って、枕にする。そうして仰向けになり、「あー疲れた」と吐き出すように言えるのが、なんとも幸福だった。

「あともうちょっとの辛抱だ」と須藤が近づいたらうつぶせへと体勢を変え、そしたら須藤が青砥の腰にまたがって背なかを指圧し始めて、須藤の親指が沈むたびに「ウー」と唸(うな)

るのが、ことのほか愉快だった。

須藤のアパートに行ったら、大概、泊まった。たまに持参した青砥の着替えがいつのまにか溜まっていた。三日ぶんはゆうにあった。脱いだものは須藤が洗濯した。衣装ケースのいちばん上の、須藤が冬用小物をしまっている引き出しが青砥の着替え入れになった。三日ぶんの着替えとはいえ、洗ったものを順繰りに着れば、何日でも泊まれそうだった。しかし、青砥は、二、三日もすると自宅に帰った。なぜか、そうするものと思い込んでいた。

ときどき、なぜ帰るのか首をかしげたくなることがあった。須藤が青砥の家に泊まった折も同じだった。青砥の家にも須藤の着替えが数日ぶん置いてあり、「今度はおれの番」と脱いだものは青砥が洗濯する。須藤がなぜいったん自宅に帰るのか、ふしぎに感ずることがあった。

須藤は青砥の会社での勤めを無事終えた。

腹痛で早退した日があったらしいが、ほかに大きなアクシデントはなかった。少しだけど、残業もしたようだ。

須藤が勤務期間を終えた翌日から第二弾の短期の派遣バイトがやって来た。繁忙期は依然としてつづいていた。青砥の残業もつづいた。土曜はもちろん、日曜も出勤する。疲れは溜まっていたが、なに、毎年のこと。六月半ばになればひと段落する。

須藤が売店のパートを再開したのは、六月最初の月曜だった。

週に三日の勤務でエリアマネージャーと折り合ったようだ。通常のシフトに移行する時期は、一ヶ月ごとに相談して決めるらしい。基本は週に五日の出勤だが、シフトによっては六連勤、七連勤のケースもあるそうだ。須藤は当分、朝番のみの出勤だが、それでも連勤の可能性はあるようだった。

「ウー」

須藤が唸った。青砥の唸り声を真似していた。売店勤めを再開した夜だった。青砥は須藤のアパートにいた。晩飯をすませ、ビールを飲んだ。須藤も少し飲んだ。手術してから、須藤は酒をあまり飲まなくなった。腹の調子が不安定になりやすいというのがその理由だった。ガスが出やすくなるような気がする、というのもあった。

青砥は須藤の肩を揉んでいた。あぐらをかいた須藤の後ろに回り、須藤の肩に手を置いて、親指で凝ったところを圧していた。そんなに力は入れなかった。須藤の体重は、戻ってはいたが、まだ元通りではなかった。肩はちいさく、背なかは薄かった。もとより痩せ型なのだが、皮膚の下がすぐ骨という感覚が以前よりあざやかだった。

「誕生日なんだけど」

須藤が言った。

「十七日でどうかな？」

かなり遅れちゃったけど、と付け足し、「ウー、そこそこ」と首を縮こませた。

青砥も須藤も五月生まれだ。合同で祝おうと、そこまでは決めていた。日程は須藤の都合で未定だった。派遣バイトの給料の振込み日が六月十五日で、その日以降にしたいというのが須藤の希望だった。

「決定？　いいのか？」

「うん、青砥の仕事も落ち着くだろうし。わたしは十五日から四日間休みだし」

一応、十七日ってことにしない？　と須藤は「効くー」と首を前に出した。

派遣バイトの給料の振込み日が決まっていても、須藤が誕生祝いの日にちを保留にしていたのは、「ベテラン軍団」のキャリアウーマンから脅されていたせいだった。人材派遣会社を渡り歩いたキャリアウーマンは、「給料が振込み日に振り込まれるとはかぎらない」と断言したそうだ。単純な経理の手違いによるものが多いが、「最悪なのは、派遣会社が倒産したかなんかでバックレるケース」で、「だから、給料は日払いでもらうのが安心なんだよ」とつづけたらしい。「すんげー危機管理っぷりだな」と青砥は驚き、「大丈夫だと思うよ」とうなずいた。青砥の勤め先が契約している人材派遣会社にかんして、おかしな噂は聞いたことがなかった。

「わかった、十七日な」

土曜日か、と冷蔵庫にマグネットでぶら下げた須藤のシフト表を見た。須藤の言った通り、木曜から日曜まで「須藤葉子」のマス目は空白だった。須藤の肩を揉む手を止めて、青砥が言った。

「思い切って、温泉とかどうだ？　あ、金土で行ったほうがいいか。日曜、ゆっくりできるし、からだ、ラクだよな」

「青砥、平日休めるの？」

須藤が仰向き、青砥を見た。

「と思う。たぶんだけど、土日はまず確実。金曜休めるかどうかはギリギリじゃないと分からないかもしれない」

「んー」

温泉か、と須藤は腕を組んだ。手術以来、須藤は湯船につかっていないと言っていた。どのサイトを読んでも問題はないらしいのだが、なんとはなしの抵抗があるらしい。肩揉みの手を止めて、青砥が言った。

「露天風呂がついてる部屋とか、そういうのだったら気にならないだろ？」

「あーでも、目的地までドライブなんだよね。座りっぱなし且つシートベルトつけっぱなしってどうなんだろうなぁ」

トイレもなぁ、と首をひねり、考えた。前方を見たまま、「ねえ、それ、来年の誕生日にしない？」と言った。

「いま、売店の仕事始めたばっかりでさ。新しいことに挑戦するのがちょっとだけ億劫なんだよ。ひとつずつ慣れていきたいんだよね」

長ーい目で見てください、と上半身をひねり、青砥に顔を見せた。スローモーションみたいに口の両はしを上げていった。

「了解。来年な」

即答し、青砥は肩揉みを再開した。手が汗ばんでいた。少し、急ぎ過ぎた。よい思いつきだとひとりで喜び、須藤を困らせたことも悔やまれた。だが、これで来年の楽しみができた。そう思うことにした。須藤とふたりで遠出するのは、きっと面白いだろう。「青砥、海だよ」とはしゃぐ須藤の顔が浮かんだ。「ほら、海」と指差し、口を大きく開け、わっはっはと笑う須藤を見たいから、行き先は鴨川か館山か箱根。須藤次第だが、熱海まで足を延ばすのもアリだ。

「ウー」

須藤がひときわ大きく唸った。「ありがとう。今度はわたしの番」と立ち上がる。「よし、頼むわ」と青砥は飲み残したビールを空け、腹ばいになった。「お任せあれ」と須藤が腰にまたがった。青砥のそのあたりに、重みと温かみがきた。

「凝ってるねぇ」

背骨に沿って親指で圧しながら須藤が言った。

「指がなかなか入らないよ」

須藤はからだを倒して体重をかけているようだった。背なかに須藤の体温が接近した感じがあり、温かみが広がった。親指で圧す位置を変えるにつれて、温かみもわずかに移動した。須藤の感触ももぞもぞと下方に移動し、青砥の尻にさしかかった。

「ウー」

絞るような唸り声が出た。

「なに、いまの。かなり年寄りっぽかったよ」

須藤が笑った。感触も振動する。

「親の肩揉みしてるみたいだ」

「マジか」と受けて、青砥がつづけた。

「そういえば、親ってけっこうちゃんとこっちのやった『肩たたき券』使ったよな」

「青砥、『肩たたき券』、親にあげたの？」

「母の日とか父の日。『ケンショーのきもちだけで充分』って言うかと思ったら、早速使われたりした。とくに母親」

「肩たたきしたんだ？」

「三十分な。券にそう書いちゃったから。普段は五分くらいのもんだったよ」

「普段でもしてたの？」

「百円でな。たしか十分で三百円」

「でも、えらいよ」

「お前、しなかったの？」

「覚えてないな」

須藤の言い方に違和感を覚えた。冷たいというより、無関心に聞こえた。ふと須藤から母親の話を聞いたことがなかったと気づき、もののついでのように訊いてみた。

「お母さん、元気？」

「知らない」

「え？」

混じりけなく戸惑った。須藤の口調には、冷たさが表に出ていた。直接聞いたわけではなかったが、須藤の母はやさしいひとであるはずだ。「青砥はお母さんみたいにやさしい」。正月、須藤は姪にそう答えたと須藤の妹が言っていた。

「男と出て行ったんだよ、うちの母。わたしが小学校にあがる年ね。相手はジーパン屋のバイトで、十九だったかそれくらい。母よりだいぶ歳が下で、まだ定時制に通ってたみたい。だけども母は本気でね。離婚届にハンを捺して、それを置いて、出て行った」

須藤は手を休めなかった。一、二、三、と数を数えるように親指を青砥の背なかに沈めていった。

「出て行くまでに父とかなり揉めてた。わたしとみっちゃんの前では普段通りにしようとしていたけど、夜になるとね。一度なんかは真夜中に大騒ぎしたよ。すごい物音が聞こえて親の部屋を見に行ったら、父が馬乗りになって母を引っぱたいてた。どっちのパンツもずり下がってて、父のお尻が見えたよ。びっくりするくらい白かった。母のパンツは膝あたりで止まってて、父に打たれながら、必死にパンツを上げようとしてた。父は母を力ずくでものにしようとしたんだろうね。母が抵抗して、その攻防戦のさなかだったんだよ、きっと」

須藤の感触が前方に移動し、ちいさな手のひらが青砥の肩甲骨の下にあてがわれた。

「すぐにうまくいかなくなってたみたいよ、母とジーパン屋のバイト。なんか情報が入ってくるんだよね。ふたりが住んでいたのは、うちから電車で十分もかからないところだったし、どこにでもウミちゃん的なひとがいるからね。まー大方の予想通りってやつ。でも、母は家に戻ってこなかった。情報も入って来なくなった。母はよそに行ったんだと思う。どこかは知らないけど、ウミちゃん的なひとのアンテナの届かないとこ」

須藤の手のひらは青砥の肩甲骨の下から動かなかった。

「父は離婚届を出してなかった。わたしもみっちゃんも、父は母が戻ってくるのを待ってるんだと思った。母が出て行ってから、父はすごく穏やかになったんだ。それまでは、あれしちゃダメ、これしちゃダメって、母より口うるさかったのに、わたしとみっちゃんがなにをしても、『こらこら』って日向ぼっこしてるおじいさんみたいに言うだけになって。祖母もしょっちゅう来てくれたし、母がいなくても不自由はなかったよ。むしろ快適だったかも。でも、なんとなく不便な感じはずうっとあった。きもち的にね。いや、不便じゃなくて不憫かな。うまく言えないけど、わたしとみっちゃんは、なんとなく不便なきもちでいたような気がする」

青砥は息をついた。須藤のちいさな手のひらが肩甲骨を温めていた。

「母が戻ってきたのは、家を出た八年後。日曜だったよ。わたしは友だちと買い物に行ってたけど、父とみっちゃんは家にいた。ピンポンが鳴って、玄関に出たのはみっちゃんだったんだ。ドアを開けたら、太って、色の黒いおばさんが立ってて、『みっちゃん？』ってすごくきれいな声で話しかけたんだって。『お母さんよ』って涙ぐまれたけど、みっちゃん、怖くなって、逃げちゃったんだって。母の声は、ほんとうに鈴が転がるようで、涼しげで、清潔で、いつまでも聞いていたいくらい美しかったから、だから、怖かったんだって。わたし、みっちゃんのきもち、分かるよ。泥を塗りつけたような黄黒い肌で、おでこのシワの線だけちょっと白くて、へんなピンクの口紅をつけた、風船みたいにパンパンに太ったおばさんが、記憶のなかのお母さんそっくりの声を出したんだからね」

元は痩せてて、色が白かったんだよ、と須藤は青砥の肩甲骨に沿って、親指を沈め始めた。一、二、三、で次。

「そして父が登場。第一声は渾身の『なにしに来た』で、思うぞんぶん、熱狂的に罵倒して、母を追い返した。離婚届を市役所に出したのは、たしか、たぶん、次の日だったと思う。あ、ちなみにわたしが家に帰って来たのは父が母を罵倒してる最中ね」

須藤は青砥の肩甲骨の下に、親指を長く沈めた。ゆっくりと離して、言った。

「どっちも最低だと思った。男と出て行って、別れて、しばらくはひとりでがんばったけど、おそらく食い詰めて戻ってきた母も、母が助けをもとめに来る日をじっと待って、思うさま罵って離婚した父も、わたしは軽蔑する」

須藤はゆっくりと上半身を倒し、青砥の背なかにかさねた。

「それがわたしの中三になる春休み」

青砥の肩に顎を載せた。

「梅雨の終わりになっても、きもちが片付かなかった」

ふうっと微笑むようなため息をついた。息が青砥の頬を通り過ぎた。

「知らなかったと思うけど、わたし、いつも、青砥を見てたよ」

須藤はからだを下にずらし、青砥の背なかに頬をあてた。

「わたしは、いつからだったか覚えてないけど、気がついたら、ひとりで生きていくって決めてたんだ。父のようにも、母のようにも、なりたくなかった。いつか、わたしは家を出て、そして、二度と帰らない。どこかでひとりでやっていく、っていう想像がほかのどんな想像よりもしっくりきて、カチッと嵌ったんだよ。そのための訓練もひそかにしてた。動じないこころを持つために、みっちゃんに、もしわたしが隙を見せたら『わっ』って驚かすことって命令したり、どんな場所でも平気で寝れるように、よそん家の犬小屋に侵入したりした。ウサギ跳びや腹筋もしてたし、なぜか火の熾し方を図書室で調べたり、泣きそうになったときは、涙が出る前に嘘泣きをして、『ホントに泣いてないことにする』という自己欺瞞の方法も編み出したりなんかして、けっこう忙しかったよ。中学に入ったら若干下火になったけど、それでも、青砥は邪魔だった」

背なかの上のほうで、須藤が頬を擦り寄せる感じがきた。須藤の温かみは全身にむらなく広がっていた。感触は尻の下のほうにあった。須藤の足は青砥の腿の外側にぴったりくっ付いていて、挟まれているようだった。

「すごく複雑だったけど、でも、たぶん、嬉しかったよ。そのぶん、残念だった。混乱もした。青砥が急にあんなことをしたから、からかわれたのかもしれないと思って。そこでわたしは青砥を見下すことにしたんだ。ふん、なんだよ、あんなやつ。たかが青砥じゃん、って」

ちなみに江口くんはどちらかというと迷惑だった、と須藤は笑った。腹筋の揺れる振動がさざめくように伝わる。

「おまえ、それはないだろう」

江口に謝れ、とからだを横向きにした。ちょっと大げさに青砥の背なかから滑り落ちたふうを装った須藤が、青砥の隣で仰向けになった。青砥は須藤の前髪に指を入れ、掻き上げて、唇を軽く合わせた。「人工呼吸みたいだ」と須藤が笑うので、本格的なやつで黙らせた。

中学生だったころ、須藤を太いと感じた理由が分かったような気がした。

ひとりで生きていくと決め、「訓練」していた須藤がほかの女子と同じ印象であるはずがない。

そう、「訓練」。いかにもこどもが考えそうなものだった。微笑ましいとも、他愛ないとも言える。けれども、それを考えたこどもは真剣だ。青砥には、本気で「訓練」に取り組む須藤の目が見えた。こどもだった須藤の目は、白目に青みがあり、たっぷりと水気をふくんでいただろう。その目を硬く緊張させて、「わたしが隙を見せたら『わっ』って驚かすこと」と妹に命令したのだ。近所の犬を飼っている家を一軒ずつ調べ上げ、頃合いの犬小屋を決定し、「よしよし」と犬をなだめながら忍び込み、汚れた板か使い古したタオルにそろそろとからだを横たえたのだ。九十八、九十九、百、とおそらく数を数えながらウサギ跳びや腹筋をし、そしてその目で、寝室で諍う親を見たのだ。高い蚊の羽音まで聞こえる元気な耳で母のいない台所の音を聞き、母の噂を聞き、まだ海綿みたいに柔らかな脳みそで父の復讐を知ったのだ。

須藤の受けた現実の重さというものを思ってみた。情けない話だが、そこそこ幸福な家庭で育った青砥には「思い方」がよく見えなかった。

どう思えばいいのかの「正解」はぼんやりと見えている。そこに至るショートカットはたぶん可能だ。だが、それは須藤にたいして誠実ではない。それでもこの歳になると、たとえどんなに悲痛な経験でも、それが遠い過去であればあるほど、「それを乗り越えて、いまがある」と雑に総括できそうな、つまり時間の経過による風化に頼ることもできる。青砥は、できればそれもしたくなかった。笑い声まじりに淡々と話した、須藤の、そこに至るまでの時間の厚みを思うと、胸がしんと痛くなる。

須藤にはそういう過去があったと、須藤の語った言葉をそのままこころに留めることが、こどもだった須藤の胸の痛みを分かった振りして理解しようと努めるよりも、いくぶんかはマシだと思った。

その上で、それを乗り越えて、いまの須藤がある。そう思おうとしたら、須藤の言葉が胸をよぎった。

「初心に返った感じがするよ」

抗がん剤治療を終えた一ヶ月後、アパートに戻ったときに言った言葉だ。

「引っ越してきたときを思い出した。ここから始めるんだ、っていうね。そんな意気込み」

アパートに引っ越したとき、須藤はこう思ったそうだ。

「ここで、生きていくんだなぁ、って、不動産屋さんと一緒にこの部屋に初めて入ったとき。ベランダの窓を開けて、知らない景色を眺めて、わたし、死ぬまでは、ここで生きていくんだなぁ、って思ったんだ。感傷的というんじゃなく。積極的でも消極的でもなく。なんなら受動的でも能動的でもなくて、決定事項的なたしかさでそう思った。ということは、いつか死ぬんだなと」

そして須藤は「後始末をするひとにやさしい部屋」づくりをし、いまでもそこに住んでいる。

やりきれなかった。落胆と腹立ちが混じり合い、それを虚しさが覆った。おれのきもちはおまえに届いてなかったのか。ひとつもか？　ひとつもナシか？

そんなことはないはずだ。あのときも、ほら、あのときだって、通じ合ってんなって分かっちゃったこと、あったじゃねーか、と思うのだが、具体的な場面はなかなか出てこなかった。

あのときも、あのときも、腹のなかで繰り返し、やっと胸に浮かび上がったのは、須藤が売店で再び働き出した夜にかわしたやりとりだった。

口づけのあとだ。

そのとき、青砥は、ふと、五月最後の夜を思い出した。

リリーの退職日だった。青砥は駅前の居酒屋でリリーと飲んだ。「このクソ忙しいときに辞めるとはな」と笑いながら恨み言を連ね、「ですよねー」とリリーがいつものようにのらりくらりと応じ、「で、おまえ、これからどうすんのよ」と何度訊いても「なんとかなるんじゃないすかねぇ」とはぐらかされた。結局、リリーは今後の展望を語らずじまいで、なんだか間の抜けたおひらきとなり、「じゃあな、がんばれよ。なにするのか知らないけど」と手をあげて別れ、南口の駐輪場で自転車を拾い、須藤のアパートの前の道路を走る道順を選んで家路に就いた。

深夜だった。須藤のアパートを通り過ぎてすぐ、「須藤、もう寝たかな」と振り返った。三階建てのアパートの二階の角部屋に灯りがついていた。自転車を停め、見上げたら、ベランダの窓が開き、須藤が顔を出した。須藤の表情は、その夜の月に似ていた。ぽっかりと浮かんでいるようだった。清い光を放っていた。

「おまえ、あのとき、なに考えてたの?」

須藤に訊ねた。少し間を置き、須藤が答えた。

「夢みたいなことだよ」

須藤は自分自身をもてなすように微笑し、繰り返した。

「夢みたいなことをね。ちょっと」

胸元で円い三日月にあしらわれた砂つぶみたいなダイヤがチカチカ光った。

夢みたいなこと。

青砥は須藤の言葉を暖めるように反芻した。

夢みたいなこと。

青砥の頭に広がったそれは、須藤の母が家を出て行かない世界だった。中学生だった青砥と須藤は互いに意識しながらも口に出せずにいて、二十歳を過ぎたころ、池袋のアダムスアップルで再会し、痺れるように恋に落ち、夢中になり、結婚し、子をもうける。家族にとっては大事件だが、俯瞰で見ると月並みなできごとを経験して、こどもを独り立ちさせ、夫婦の時間がふたたび巡ってくる。これもまた俯瞰で見れば平凡だが、おれらにしたらこころに深く感ずるような、静かな、しあわせな日々を送る、とかいう、そんなふうな。

座面の高いひとりがけのソファにあぐらをかき、テーブルに頬杖をつき、青砥は大きく口を開けた。ロマンチックな気分だった。「くだらねー」と独りごちても、胸いっぱいに広がった、歯に染みるほど甘い想像を折り畳むことができなかった。なぜなら、それは、いまからでも実現可能と思えるような、決して夢なんかじゃない、でも夢みたいな、そんな世界だったからだ。

六月十五日。仕事が退けて、青砥は須藤のアパートに行った。夜七時半だった。ほぼ定時で切り上げられた。繁忙期というのは台風のようだ。ついさっきまで暴風雨に耐えていたのに、通り過ぎた途端、青空が広がる。

須藤は休日だった。四連休の初日だ。晩飯を用意していた。オムライスと、キャベツの千切りと、長ネギと豆腐の酸っぱ辛いスープ。もちろん、オムライスは青砥の顔を見てからつくった。青砥の手土産は志木まで買いに行ったトップスのチョコレートケーキとビールで、ビールを飲みながら、ダンナのようにオムライスができあがるのを眺めた。須藤は料理人のようにフライパンの柄をトントンさせてケチャップライスを載せた卵を回転させようとしているようだった。いくらどんなにトントンしてもケチャップライスを載せた卵はビクともせず、焦った須藤は菜箸やフライ返しを使い、なんとかし始めた。「味がオムライスならいーんじゃないの？」と声をかけても「いま忙しい」と取り合わない。「ハイハイ」と青砥は冷蔵庫にマグネットで留めたシフト表に目を移し、そして訊ねた。

「あれ、今日、検診だった？」

シフト表にそうメモ書きされていた。

「早いな、もう三ヶ月か」

抗がん剤治療終了後、三ヶ月おきに定期検診を受けることになっていた。台所から須藤が答えた。

「久々に病院に行ったよ」

「どうだった？」

「聞きたい？」

「聞きたいね」

「くわしく？」

「くわしく」

「えー、そんなに？」

「なんだよ、勿体つけんなよ。ドキドキするじゃねーか」

青砥は少し笑った。なんでもなかったんだな、との心証がきもちを軽くさせていた。須藤が満を持してというふうにVサインをしてみせた。立てた二本の指をしょんぼりと折り曲げてから、フライパンを見せた。かたちのくずれた穴ぼこだらけのオムライスが載っていた。「グッ」。青砥は親指を立て、「うまそうだ」と言った。

「十七日、どうする？」

晩飯をたいらげ、みずから切り分けたチョコレートケーキを食べながら青砥が訊いた。

「どっか行こうか。美味しいもの食べられるとこ」

思い切って銀座（ぎんざ）とか？　と付けくわえたら、「銀座は思い切り過ぎだよ」と須藤がケーキにフォークを入れた。七センチほどの厚さに切ったケーキは、四角い皿に立っていて、須藤がフォークの側面でカットしたら、なかに入ったクルミのカケラがポロっと落ちた。

「がんばってメトロポリタンのレストランかな。上のほうにあるでしょ。きっと眺めがいいよ」

ケーキを口に入れ、唇についたクリームを舌で舐め取り、須藤が提案した。

「食事代をワリカンにして、それを以ってお互いの誕生日祝いにしない？」

「あぁ」

そうしようか、と青砥はひとまずうなずいた。須藤の淹れたお茶を飲んだ。番茶みたいな色をした、薬っぽい味のこのお茶は、ナントカというハーブティーで、今日、須藤が買ってきたものだった。病院のあと、みっちゃんの家にあそびに行った帰りに寄ったオリンピックの見切り品のワゴンで見つけたらしい。

普段はちいさなおかずを載せる四角い皿に立ったケーキを倒して、青砥が言った。

「メトロポリタンで飯食う前に、西武とか行かない？」

「なんで？」

「買い物」

「だから、なんで？」

「なんか買わせろよ。ワリカンですませちゃ、おれの顔が立たないだろ？」

「立つよ、普通に」

　須藤は口元だけで笑った。ひっそりという笑い方だった。少し疲れているようだった。長いこと、みっちゃんと話していたのだろう。みっちゃんと会うのは久しぶりのはずだ。

「買いたいんだよ。買わせてくれよ」

　青砥は大きめにカットしたケーキを口中に放り込み、よく嚙まずに飲み込んだ。フォークで須藤のネックレスを指す。

「そういうの、もう一個」

　四角い皿に残ったクリームをフォークでこそげるようにし、舐めた。

「一個で充分だよ。お守りなんだから」

「じゃ、お出かけ用だ。ちょっとした外出用にもう一個。おまえ、洋服だって『普段着』、『半外出着』って刻んでんじゃん」

　須藤はひたいに手をやり、笑った口のかたちをして、かぶりを振った。「おきもちだけで」と頭を下げる。「遠慮してるんじゃないよ。へんな意地を張ってるんでもなくて、ほんとに一個で充分なんだよ」と円い三日月に触った。「たった一個がいいんだよ。だから、価値があるんだ」とうつむいたまま、独り言みたいにつづけた。

「あのさ、青砥」

顔を上げ、ちらちらと眼球を動かしてから、須藤はまた下を向いた。ほかになにか言いたいことがあるのかと青砥は須藤の言葉を待った。下を向いた須藤の青白い地肌の覗くつむじを見ていた。つむじはじっとしていた。いつまでもそうしていそうだった。どうやら「次の言葉」は思いつかないらしい。よし。青砥は軽く咳払いした。

「じゃあ、指輪はどうだ」

須藤のつむじに言った。

「たった一個のやつ」

須藤の肩が強張(こわば)った。ゆっくりと緩み、深く息をする。青砥がつづけた。

「須藤、一緒にならないか」

どうかな、こういうの、と言った最後のほうに笑いが忍び込んだ。昨晩、布団のなかで考えたときには、も少しバシッと決まるはずだった。ここに持ってくるまでの流れはおおよそ予想通りだった。予想外だったのは、須藤の雰囲気がなんとなく重い点で、まさかつむじに向かって結婚を申し込むとは思わなかった。

須藤が顔を上げた。いやにすっきりとした表情だった。冴えた目をしていた。顔の筋肉をほとんど動かさずに言った。

「それ言っちゃあかんやつ」

青砥はおもむろに首を伸ばすようにした。表情がなくなっていくのが分かった。

「いやなのか？」

「いやとかいいとかじゃないよ。言っちゃあかんのんよ」

なんだ、その関西弁。青砥は顔を斜めに下げていった。半円を描き、顎を引く格好になった。上目遣いで須藤を見る。『いやとかいいとかじゃない』ってなんだ。『言っちゃあかんのんよ』って、なんだ、それ。踏みつけにされたよりももっと始末の悪い、バカにされたという思いがくる。勢いよく血がのぼり、首が太くなった感じがする。

「おれが高卒だからか」

意外な言葉が出た。そんなことは一度も思ったことがなかった。たちまち須藤の顔が赤く染まった。「バカなこと言うなよ」と吐き捨てる。「くだらない」と唾を飛ばした。あーバカだよ、くだらねーよ、という目で青砥は須藤に凄みを利かせた。見返す須藤の目にも凄みがあった。

「だらしないんだよ、わたし。最低なんだ」

須藤の目は盛んに燃えていた。爆ぜる音が聞こえてきそうだった。

「前に親を軽蔑してるって言ったよね。軽蔑してるのは親だけじゃないんだよ。親を許せない自分も軽蔑してるんだ。そのくせ、すっかり水に流して父の面倒をみたみっちゃんも軽蔑してる。みっちゃん、母のことも許してるんだよ。『お姉ちゃん、テレビ出てみようか。行方不明者捜索しますみたいなやつ』って、母を捜す気でいるんだよ。わたしは、こんな、食うや食わずの状態で、おまけにがんで、青砥やみっちゃんや国の世話になっててやっとこどうにかなってるんだから、もし母が見つかっても面倒なんかみれなくて、最初から面倒みる気はないんだけど、でも、面倒みれない自分もなんだかすごく軽蔑するんだよ。大学出て、ひとりでやっていけるようになってすぐ好きな男ができて、自分のものにしたくて、どうしても欲しくて、汚い真似をした自分も軽蔑してる。やっぱりうまくいかなくて、でも父みたいに冷たく相手を切るのはいやで、意地で別れなかった自分も軽蔑の対象になった。ダンナが飲み屋街でチンピラと喧嘩して死んだときはホッとして、そんな自分も大っ嫌いだし、性懲りもなく歳下の男に夢中になった自分もいやでいやでしょうがなくて、それでも行けるところまで行こうみたいな、どうにでもなれみたいな興奮とかスリルとかそんなのにどっぷり浸かって息ができないくらいズキズキ感じたのもほんとうで、母のきもちが分かったようで、そんな自分も当然軽蔑した。わたしは青砥が一緒になりたいと思うようなヤツじゃないんだよ」

　甘えすぎた、と須藤は言った。低い声だった。

「それ、理由になるのかよ」

　青砥は横を向き、つぶやいた。自分の耳にも「言ってみただけ」というふうに聞こえた。

　いやな予感がしていた。別れ話のノリじゃねぇか、と頭の片隅で思っていた。固く閉じた須藤の気配が伝わってきていた。閉店ガラガラと茶化してみても、誤魔化せなかった。須藤の気配は拒絶だった。取りつく島もないタイプの、真っ暗な、拒否だった。須藤が言った。

「もう会わない」

　さらに言った。

「青砥とは、もう一生、会わない」

　須藤の表情が一瞬、崩れそうになった。でも、持ちこたえた。

「偶然行き合っても声をかけるな」

　わたしもかけない、と言い切った。緊張のせいか頬が痙攣（けいれん）していた。本気だと思った。須藤は本気で言っている。

　青砥はあぐらをかいた膝に肘を置き、頬杖をついた。鼻から息を吸い、口をすぼめて長く吐き出す。吐き切り、「ちょっと待て」と言い残し、トイレに立った。小用を足すあいだも口のなかで繰り返した。頭のなかでも「ちょっと待て」が渦巻いていた。羽虫がたかり、わんわんと音を立てているようだった。どこから手をつけたらいいのか途方に暮れそうになる。だが、そんな時間はたぶん、ない。

「おまえの言いたいことはそれだけか？」

トイレから戻って、言った。オリーブグリーンの座布団にあぐらをかき、かさねて訊いた。

「以上か？」

「以上だ」

「そうか、以上か」

青砥は膝に肘を置き、頬杖をついた。少し肩の下がった須藤の背中を見る。須藤は台所にからだを向けていた。

「じゃあ、おれはおまえに軽蔑されてないんだな」

須藤は答えなかった。身じろぎもしない。

「ありがとな。だいぶ嬉しいわ、それ」

なんだけど、須藤、と浅く笑って呼びかけた。

「そんなおれは、おれ自身を軽蔑してたりする」

おまえにまだ話していなかったところで言うと、と前置きして、言った。

「高校んとき、万引きで捕まったことがある。おれらのあいだで『ちょろい』って評判だったホームセンターでちっちゃいラジカセをいただこうとして、アッサリ見つかってな。親、呼び出されて、泣きながら代金払って、説諭の巻だ。軽蔑ポイントは『新しいラジカセがすんげぇ欲しかったくせに、万引きのスリルを味わいたくてついやってしまいました』で通したあたり」

まだある、と青砥は須藤の背中に目を当てたままつづけた。

「結婚する前、四つ上の色っぽいＯＬと同棲してた。嫁さんと出会ったときは同棲中で、いわゆる二股だ。別れたくないって泣くＯＬをかなり冷たく振り切ったわ。涙とハナミズでグチャグチャの顔で『ねえ。なんとか言ってよ、ねえ』ってにじり寄ってくるＯＬをそのへんにあったハエ叩きで追い払ったりしたんだよ、おれ」

黄緑色のハエ叩きな。潰したハエの黒いのがくっついてるやつ、と言う青砥は須藤の背中をじっと見ていた。

「大した話じゃないね」

須藤の背中がぬっと伸びた。

「そうだ、大した話じゃない」

青砥は須藤の背中に語りかけた。

「悪いがおまえの話もおれにとっちゃ大したことじゃないんだよ、須藤」

須藤の背中が緊張した。

「おまえがどんなにおまえ自身を嫌っても、おれ、おまえが大事なんだわ。なんかこう、どうしようもないんだわ。おまえは、おれが一緒になりたいと思うようなヤツじゃないと言ったが、それ、おまえが決めることじゃないだろうよ、ちがうか？　どっちかって言うと、おれが決めることなんじゃないの？　おれ、おまえと一生いくと決めたんだわ。おれはおまえがだいぶ好きなんだよ。どんなおまえでも、おまえだったら、それでいいんだよ」

分っかんねーな、とつぶやいた。

「おれら、なんで一緒になれないのかね。みっちゃんも賛成してくれるよ。おまえだけだよ、反対票は」

須藤がひそやかに呼吸した。力なく畳に置いていた手がゆっくりと握りしめられ、やがて須藤は固くこぶしをつくった。その手を見て、青砥は中学三年の梅雨の終わりを思い出した。あのときも須藤は手をグーにしていた。青砥は訊ねた。

「なにか言いたいことはないか？」

返答がなかった。だから、もう一度訊いた。

「言いたいことがあったら言ってくれよ」

「ない」

「ほんとだな」

「ほんとだ」

「嘘じゃないな」

「くどい」

「それでもおれと別れるか？　二度と会いたくないか？　偶然行き合っても声をかけられるのは迷惑か？」

「そうだ」

「それでいいのか？」

「それでいい」

ただし、須藤の返事は一拍遅れた。

「分かった」

青砥は顎を撫でた。

「ところでおまえは約束を守るヤツか？」

「当たり前だ」

「来年、温泉に行くと約束したのを覚えてるか？」

須藤は答えなかった。代わりにかぶりを振った。やれやれと言わんばかりだった。

「青砥、意外としつこいな」

そう言う声はいつもの須藤に近かった。あともうちょっとでハハハという乾いた笑い声が入り込みそうだった。青砥は顎から手を離した。首の後ろ、肩のあたり。そのへんが少し軽くなった。いまだ。「なら、これはどうだ」と切り出した。

「おまえの顔を立てて、一年、我慢してやる。一年は、おまえの言う通りにする」

「一年」

「そうだ、一年」

おれはおまえとちがって、ひとの顔を立てるタイプだ、と青砥は口笛を吹くように言った。

「一年」

須藤が繰り返した。顎が上がった。台所の換気扇を見ているようだ。グーの手を裏返し、小指からひらいていき、また閉じた。「温泉」と独りごちる。

「温泉。鴨川か館山か箱根。おまえの体調次第だが、熱海まで足を延ばすのもアリだ」

「熱海」

「熱海だ」

「熱海か」

換気扇を見上げたまま、須藤が言った。「行ったことないな」とつづけたようだったが、とてもちいさな声だったので、定かではなかった。

八「青砥、意外としつこいな」

月めくりカレンダーの定位置は、テレビの右斜め上の壁だ。日にちごとに予定の書き込める余白があるだけのシンプルなもので、下部に青砥の勤め先の名前と住所が印字されている。

定位置を決めたのも、そこに「健将のカイシャのカレンダー」を吊るすと決めたのも母だった。母が余白に書き込む主たる予定は、通院（「安達さん」、「熊石さん」）、デイケア通い（「うんどう」）、老人会の催し（「せせらぎ会　カラオケ」、「せせらぎ会　梨もぎ」など）。ほかに美容室（「ビューティ・ミコ」）、指圧（「本条さん」）があった。十二月になると、日付の下に小さな字でごちゃごちゃと書いた一月の予定を指し、「早く来年のぶんをもらってきてよ」とせがんだ。

母を施設に入れてからもカレンダーは同じ場所に吊るした。ただし、青砥は余白への書き込みをほとんどしなかった。めくり忘れることもしばしばあった。テレビを観ると視界に入るのだが、「あるな」と思うくらいで、つまり、青砥のカレンダーにたいする意識はその程度だった。

須藤と暮らした一時期はちがった。しょっちゅうカレンダーに目がいった。抗がん剤治療の最終クールまであと何回、と確認した。あのころ、青砥の胸のうちでの掛け声は「はい、来年の三月」だった。それが「はい、来年の六月」になった。そう思おうとした。そう思えばいいだけだと。

六月十五日、帰宅し、すぐにカレンダーをめくり上げ、二〇一七年十二月の日付の下に「6／15」と書いた。書き終え、カレンダーを戻したら、「ホントかよ」と声が漏れた。十二月から六月までは六枚もカレンダーを戻さなければならなかった。来年は来年で五枚もめくらなければならない。

「長いんだな」

「一年」は青砥がイメージしていたよりも長かった。毎年正月に「あれ、ついこのあいだもモチ喰ってなかったか」と思うほど、矢のごとく時間は過ぎるはずなのに、やはり「一年」にはそれなりの長さがあるらしく、「来年の六月」がいやに遠く感じられた。

ひとまず、時間が必要だ。

須藤が別れを言い出したとき、反射的にそう思った。いったん保留にすること。昂ぶり、そして堅く閉じた須藤を落ち着かせ、揉みほぐすには、そうするしかなかった。帰り道は自画自賛したものだった。なんとか徳俵で踏みとどまり、一年後の約束を取り付けた。首の皮一枚とはいえセーフ。そんな言葉が自転車を漕ぐ青砥の胸に躍った。おれたちはまだ正式に別れたわけじゃない。須藤とつながっている。

ところがカレンダーに書きつけた途端、消沈した。気の沈みが油のように泡立ったのだった。

（一年会わないってことは、その間、別れてるってことじゃないの？）

思い出すように気づくと、油の泡が瀕死のカニが吐き出すそれのように溢れた。あらためて「一年」の長さを思う。須藤と再会したのは去年の七月だった。一年前だ。振り返るまでもなく、「一年」の濃度を思い知らされた。「一年」は長く、濃い。ずいぶん深いところまで須藤と根を張ったような気がしていた。須藤はそうではなかったのだろうか。

須藤のぶちまけた内容をさらってみたが、納得しかねた。やはり理由になっていないと思った。

須藤が嫌っているのは、青砥ではなく、須藤本人のようだった。これが一緒になれない理由というのが、どうしても解せなかった。そもそも須藤がぶちまけた「自分自身の嫌いなところ」は、青砥からしたら、てんで問題にならなかった。薄々とだが、気づいていた。もし気づいていなかったとしても青砥のきもちは変わらない。青砥が須藤に言いたいことは、一貫して「おれがいいって言ってるんだから、いいじゃないか」で、それはまさしく青砥の本心だったのだが、この考え方がいわゆる今風ではないとの自覚はかすかにあった。須藤の意にもきっと反する。なぜなら、このあとにつづくのは「ゴタクはいいから、おれの言う通りにしろ」というような、さらなる本心だったからだ。黒々とした剛毛の生えた「本心」である。男臭さをぷんぷんと発散させている。

青砥はその手触りと臭いが我ながら疎ましかった。今風ではないとか須藤の意がどうのとかを抜きにして、鬱陶（うっとう）しさがにじり寄ってくる。そうじゃないんだ、と言いたくなる。分かってんだよ、それくらい。おれがいくら「いい」って言ってもだめなんだよな。おまえが「いい」って言わなきゃ話にならない。

「で？」

腹から声が出た。腕を組み、足をひらき、六畳間に突っ立ち、カレンダーを睨（にら）む。

「おれはどうすりゃいいんだ？」

この声も腹から出た。ダンッ。踵（かかと）で床を強く踏む。「どうすれば、おまえは『いい』って言うんだ？」と口のなかで言った。

「青砥、意外としつこいな」

須藤の言葉が聞こえた。あともうちょっとで根負けしそうな声だった。

「しつこいよ、おれは」

独白で応じた青砥の目が細められた。「でないと終わっちゃうだろうよ」とつづけたら、足元から冷たさがよじのぼり、膝の裏を舐めた。

六月十七日土曜日。目覚めたのは早朝だったが、がんばって十時過ぎまで布団のなかでぐずぐずした。湯を沸かし、ネスカフェを濃いめに入れて、氷を浮かべ、アイスコーヒーとし、飲みながら洗濯をした。シーツも布団カバーも洗った。掃除機もかけた。昼は食パンを焼いた。座面の高いひとりがけソファにあぐらをかき、テレビを眺めながら、塩を振って食べた。食べ終えても、テレビを眺めた。長丁場の情報バラエティ番組が二本放映され、百円ショップ商品の使い方のアイデアや冷やし中華についての考察なんかが流れていった。

午後三時に連続ドラマの最終回直前スペシャルが始まった。これまで放映したもののダイジェストらしいが、『あなたのことはそれほど』というタイトルがなんとなく気に障ったので、リモコンを手に取り、ザッピングをした。ラグビー、競馬、テレビショッピングと画面が切り替わり、賑やかそうなバラエティ番組を眺めることにしたら、わりあい早く終わってしまった。アイドルの総選挙直前SPが始まったのをしおにテレビを消した。

シャワーを浴びて、着替えをした。クリーニング屋のビニール袋を破り、オックスフォードシャツを手に取った。ラルフローレンである。いちばん上以外のボタンを留めて、紺色の上着を羽織った。これもラルフローレン。黒い革靴を履いた足で自転車を漕ぎ、南口の駐輪場に駐めた。途中、須藤のアパートの前を通った。須藤の部屋のベランダには青いカバーをかけた洗濯機と、エアコンの室外機があった。洗濯物は干していなかった。カーテンが閉まっていた。部屋の明かりもついていない。外出中のようだった。青砥の胸に「もしかしたら」がほのかに灯った。もしかしたら、須藤もホテルメトロポリタンに向かっているのかもしれない。

東上線（とうじょうせん）に乗った。池袋行き準急。出入口近くの席を確保し、電車に揺られた。事前に描いていた六月十七日の筋書きを思い出す。

午後五時に池袋駅の西武百貨店入口で須藤と待ち合わせるつもりだった。グレーに白の水玉の壁のところだ。もし前日須藤のアパートで過ごしても、泊まらないつもりだった。それぞれの自宅を出て、「待ち合わせる」ことに儀式めいた味付けをしたかった。少し照れて、モゴモゴと挨拶したら、真っ直ぐ南館の二階に行くつもりだった。そこには有名どころの宝飾店がいくつも入っている。須藤の気に入る結婚指輪がきっと見つかる。青砥は須藤の意見に従うつもりだった。須藤が値段を気にして躊躇(ちゅうちょ)したら、「気にしなくてもいい」と言う代わりに、黙ってその指輪を選ぶつもりだった。青砥はアクセサリーを邪魔くさいと思う者であり、なおかつ大切なものだから慎重に扱わないといけないと思いすぎるきらいがあり、以前の結婚の際に買った指輪は手を洗うたびに外して、一月(ひとつき)も経たないうちに失くしてしまった。須藤との指輪は失くさないつもりだった。いつもつけるかどうかはまだ決めかねていたが、失くさないようにしようと、それはこころに決めていた。

池袋駅に着いた。西口を出て、ホテルメトロポリタンに向かう。

筋書きでは、指輪を選んだあとに行くことになっていた。短い道中では、指輪の感想を言い合うはずだった。「どれもよかったけど、でも、やっぱり、あれ（須藤が選んだもの）がいちばんよかった」と、だいたいそんな内容になるはずだった。よそゆきを着た須藤は、普段より少し赤い口紅をつけていて、ストーマの装具一式の入ったお出かけ用のトートバッグを肩にかけているはずで、ふと、立ち止まり、「今日はビシッとしてるね」と青砥の上着の襟をちょっと引っ張ってみたりするにちがいなかった。

十五日の話し合いで西武での買い物はナシになった。だが、メトロポリタンでの食事の約束は生きている、と言えば言える。須藤が提案した誕生日祝いのプランだったし、そのときまでは、いつものふたりだった。

ホテルに入り、レストランの案内板を見た。二十五階にあるレストランはキュイジーヌエストという。眺めがよさそうだった。手をかけて焼いたり蒸したり煮たりした肉や魚が白い皿に見場よく盛られ、旨そうだった。

「青砥？」

振り向くと、江口だった。太めのネクタイを締めて、前が短く、後ろが長い上着を着ている。モーニングだ。江口がモーニングを着ている。思わず表情が緩んだ。

「どうした？　ガッツリ正装して」

「娘の結婚式よ」

「マジか？」

「いま、式終わったとこ。これから披露宴。今日、先負でさ、午前中はよくないらしいんだよね。で、モーニングってホントはこんな時間に着るもんじゃないらしいんだわ」

どうも江口は夕方からの挙式、披露宴に着る服でかなり迷ったようだ。

「どこからどう見ても花嫁の父だって」

おめでとう、と言うと、江口はチャハッと頭に手をやり、「まさかハタチで嫁にいくとは思わなかったぜ」と顔をほころばせた。一抹の寂しさってやつが目尻の皺に見え隠れするような、いい笑顔だった。「まー、なんだ」と江口はなにか言いかけたのだが、留袖を着た嫁さんに呼ばれ、「んじゃ、また」とせかせかとその場を離れた。

青砥は江口を目で追った。江口は嫁さんとふたりして、恰幅（かっぷく）のよい紳士に挨拶をしていた。紳士の次は若い女性たちだった。めかし込んだ若い女性たちに、最前よりはくだけたようすではあったが、やはり夫婦で頭を下げた。

青砥と江口の付き合いは長かった。中学高校と同窓で、若いころは夜な夜なつるんであそんだ。たがいに落ち着いてからは疎遠になったものの、江口は古い友人である。その江口が花嫁の父になるとは、ちょっと信じられない。だが、この目で見た江口は、青砥のよく知る花嫁の父そのものだった。江口は、順当に歳を取り、家庭を成熟させていた。青砥は現実というものを見たような気がした。ホテルのなかを行き交うひとびとや、荷物を運ぶベルパーソンや、焼き菓子の売り子がちがって見えた。彼らはホテルの雰囲気を醸し出すために配置された人物ではない。ひとりひとりに名前があり、それぞれの現実を生きている。

ふたたびレストランの案内板に目をやった。眺めのよさそうなレストランだ。白い皿に載った肉や魚が旨そうだ。そう思いながら、踵を返した。大股で歩き、ホテルを出た。須藤は来ない。来るわけがない。あの日、西武での買い物だけでなく、メトロポリタンでの食事の約束もナシになったのだ。それがおれの現実だ。

夏は、つねに腹が減っているような状態だった。

食べてはいたが、身になっている実感がなかった。日々を送る動力源として食い物を腹におさめた。「メシで動く自分」がなんとも単純な生き物に思えた。それならいっそ、うんとこさ「単純な生き物」に寄せてみようかと考えたのだが、あんまりうまくいかなかった。

会社に着いたら「暑いな、今日も」とポロシャツの襟をつまんでバフバフさせ、海賊みたいに頭にタオルを巻き、からだを動かしていれば一日の大半がやり過ごせる。あとはビールを飲んで寝るだけなのだが、ここからの時間が長ったらしいのだった。

一拍遅れた須藤の反応をよく思い出した。「それでいいのか？」と青砥が確認したときだった。息継ぎよりも短い間をあけ、須藤は「それでいい」と答えた。青砥は、須藤が本心から別れたがっているわけではないと直感した。「引っ込みがつかなくなった」意地っ張りな須藤の心情の尻尾を摑んだとも思った。そこで「おまえの顔を立てて、一年、我慢してやる」と言った。よく咄嗟に温泉の約束を持ち出せたものだと、自分でも思う。なぜか頭がよく回った。だが。

どうせなら、もっとよく回ればよかったのに、とここにきて悔やまれた。なぜ「約束した温泉旅行までは、とりあえず、いままで通りということで」の方向を示さなかったのか。別れ話をいったん保留にしたいのなら、断然、こっちだった。「保留」本来の意味と照らし合わせても、「一年間、会わない」より「合って」いる。というか、妥当だ。時間をおいてみると、「一年間、会わない」は突飛な発案だった。刑務所に入るか兵役に就くかでもしないとそんな事態にはならない。この手がよく使われるのは、別れを前提に距離を置くか、別れさせたくて距離を置かせるかのどちらかだ。

だから、つねに腹が減っているんだな、と思った。なんとなく力が出ないのは、一年後に会う約束をしていても、「別れが既定路線のような感じ」がするからなんだな。中途半端に回りやがって、おれの頭。

ひとり、六畳間でカレンダーを視界に入れつつテレビを眺め、耳掃除をしながら、ため息をついた。耳掃除が爪切りになることもあったが、夜は、だいたいこんなふうだった。テーブルにはビールの空き缶と、携帯と、耳垢をなすりつけるか切った爪を集めるためのティッシュペーパーが載っていた。テレビから視線を外すと、目に入るのは携帯だった。もう一缶ビールを飲もうとして、腰を浮かし、やっぱり止めようと腰を下ろすときに目がいくのも携帯。ティッシュペーパーを丸めてゴミ箱に捨てる際にもやっぱり携帯に目が持っていかれた。

仕方なく携帯を手に取って、ためつすがめつ眺めることがあった。癖でツードッツを少しやり、すぐに飽きて画面に並ぶアイコンをひとつずつ見ていって、ようやく、うんとこさ「単純な生き物」に寄せてみようという気になって、ＬＩＮＥのアイコンを押すことがあった。トーク履歴を読み返し、そのときどきを思い出すだけのこともあれば、短い文章を送ることもあった。

「新しい売店、慣れたか？」、

「いやー、暑いっすね」、

「どうだ？　順調？」、

「セブンのストロベリーチョコレートバーにどハマりしてる」、

「パインのやつもなかなか」、

「でも最後に戻るのはガリガリ君」、

「今日、39度のとこあったんだってな」などなど。

いずれも既読はつかなかった。現実だな、と青砥は思った。現実がつづいている。須藤は手強(てごわ)い。

九月、はたと気づいた。きっかけは求婚だったのだ。結婚を持ち出したからあんな展開になった。青砥としては機が熟したと思っていた。そんな空気がふたりのあいだで出来上がったと信じていたのだが、時期尚早だったようだ。

須藤は寛解まで待っていてほしかったのかもしれない。

あるとき、そんな考えが降ってきた。

青砥が結婚を申し込んだとき、須藤は、「それ言っちゃあかんやつ」と言った。「いやなのか？」と質したら、「いやとかいいとかじゃないよ。言っちゃあかんのんよ」と答えた。前の男の言葉である関西弁ではぐらかされたと思い込み、カッとなった青砥は「高卒だからか」といじけた問いを投げた。そしたら須藤が噴射したのだ。いかに自分が軽蔑にあたいするいやったらしい者であるかを、毛を逆立てた猫みたいに捲し立てた。

須藤のあの「ぶちまけ」は、結婚を拒む理由はあくまでも自分にあり、青砥にはないんだと、強く主張したかった「だけ」なのではないだろうか。

いや、「だけ」というのは、無神経だ。須藤が自分自身を軽蔑し、そのことが須藤を辛くさせていたのは、ほんとうだろう。だが、放り出すこともなだめることも潔しとせず、居座るにまかせていた須藤の辛さを、いくぶんかでもやわらげたのは、おれとの付き合いだったのではないか、と青砥は思った。須藤のなかでの自分の占める位置を大きく見積もりたいのではなく、手柄を誇りたいのでもなく、恩に着せようというのでもなく、ひどく滑らかにそう思えた。そうでなきゃ、須藤は口に出さない。たとえ毛の逆立った猫の状態でも、須藤が長く苦しんだ暗部をぶちまけるとは思えない。

須藤はひとに相談しない。なんでもひとりで決めたがる。だいたいにおいて須藤が口に出すのは結論だ。結論が出るまで時間のかかる場合は、そこに至る方法をいくつかの候補から選んだときだが、できれば出口が見えるまで、つまり、なにもかもがハッキリするまで口を割りたくないに相違ない。

あれはいつだっただろう。

須藤と「寛解」の話をしたときの記憶を探った。

ああ、そうだ。抗がん剤治療を始める前だ。

「この治療で一区切りじゃないか」と青砥は言った。「あとは定期検診で、五年で寛解ってやつだろ？」と。そしたら須藤がゆっくりとこう答えた。「この治療でなにが起こるか分からないし、五年間なにもないとはかぎらない」。たしか、こうも言った。「きっとなんだかんだあるんだろう五年間のことをいまはちょっと考えられない」。そのあと、「青砥の言う『一区切り』のことで手一杯」で、「一回目を終えて、ようやく二回目、三回目を終えて三回目」という具合に「目先のヤマを一個ずつやっつけて、それを繰り返すんだよ、たぶん、ずっと」と、そのようなことを言っていた。

そして「だれにどんな助けを求めるのか、わたしが決めたい」と須藤らしい宣言をし、「差し伸べてくれた手を握りっぱなしでいたら、どっちも沈んじゃうかもだ」と不吉なことを言い、「青砥には充分助けてもらってるよ。青砥は甘やかしてくれる。この歳で甘やかしてくれるひとに会えるなんて、もはやすでに僥倖だ」と嬉しいことを言ってくれた。

青砥の胸に安堵が立ち揺れた。湯気のように胸を蒸した。温まった胸に手をあて、そういうことか、とつぶやいた。フラれたわけじゃないんだ。ただちょっと急いでしまったんだ。

抗がん剤治療が済んで、ほっとした。「寛解」までの日々はウィニングランのようなものであれと願った。願うまでもないとも、ときに思った。もう大丈夫なんじゃないの？と。だが、いきいきとした須藤とふたりで日常を送る日々が、後にいわゆる「束(つか)の間の休息」として思い出すことになるかもしれないと、頭のどこかで怖れていた。その怖れは用心のためでもあったし、準備のためでもあったし、逆説の祈りでもあった。万が一なにかよくないことが起こっても、おれたちは乗り越えられると暗示をかけるように思った。須藤のからだががんに向かってファイティングポーズを取るあいだはセコンドについていたい。タオルを投げてくれと須藤のからだが言ったとき、いちばんそばにいたい。勝ったときに須藤に駆け寄り、抱きしめ、肩車するにもいちばんそばにいないとだめだ。だから、青砥は須藤と一緒になりたかった。

「そういや、おまえ、検診どうだったの？」

ＬＩＮＥを送った。抗がん剤治療終了後、二度目の定期検診は九月のはずだ。半年に一度ＣＴや指診があるらしいので、九月の検診はそれらも併せておこなうと聞いていた。

たびたび送る投稿同様、このＬＩＮＥにも既読がつかなかった。須藤とのトーク履歴に並んでいるのは、いまや、青砥の独り言のみだった。意地っ張りの須藤が青砥からのどうでもいいＬＩＮＥを無視するのは勝手だが、検査が無事だったかどうかは知りたかった。ＬＩＮＥ電話をかけた。呼び出し音がつづくだけだった。携帯のほうにもかけてみたのだが、話し中だった。「通話中または通信中です」と表示され、切れてしまった。何度かけても同じだった。「おやすみモード」にしているのかと翌朝も電話をかけたが、やはり話し中だった。気になって、勤め先に出る前に須藤のアパートに寄った。ドアチャイムを鳴らしても、須藤は出なかった。暴力的な焦燥に駆られ、連続して鳴らした。室内に響くチャイムの音がうるさく聞こえた。隣室のドアが開き、出勤の身支度をした中年の女性があらわれた。浅く頭を下げたものの、薄気味悪そうな目つきで青砥の全身をゆっくりと睨めた。

「どうも」

青砥はなんでもありませんというふうにじっとりと濡れた手のひらをチノパンで擦り、女性に会釈した。女性が外階段を降り切ったのを確認してから、風呂場の磨りガラスの窓を叩いた。「須藤」と小声で呼びかける。「須藤、いるか？　いるんだろ？　須藤」。「須藤、須藤」と呼ぶ自分の声が耳にしみ込んだ。割れかけた、必死の声だった。怒った声でもあったし、猫撫で声の気味もあった。自分の声が聞こえるたびに、青砥の猛り、逸るきもちが鎮まっていった。息を殺してじっとしている須藤のすがたがまぶたの裏を過ぎ、かわいそうなことをしている気分になった。青砥はただ検査の結果を知りたいだけだった。須藤を追い詰めたいのではなかった。だが、自分のしていることが、須藤の逃げ道を力ずくで塞ごうとしているように思えて仕方なかった。

須藤は来年の六月まで、おれと会わないと腹を決めたんだ。本気中の本気なんだ。

十月、簡単にいうと、青砥は須藤の意思を尊重することにした。六月十五日以来、こころのすみに張り付いていた、結局は、なにかふとしたきっかけでいままで通りのふたりに戻るのだろうという楽観的な見通しをこそげ落とした。検査の結果は気にかかったが、須藤によくないことが起こっていたら、きっと須藤の妹が教えてくれると思う。みっちゃんは青砥の味方だ。会ったのは二回だけだが、須藤の妹の信頼を得た感触があった。青砥は須藤の妹の連絡先を聞いていないし、須藤の妹も青砥の連絡先は知らない。けれども、あのお人よしのみっちゃんなら、須藤の携帯をこっそり拝借し、青砥に情報を流すくらいは朝飯前でやってのけるはずだ。

須藤の意思に付き合うと決心したら、きもちがいくぶん平らかになった。夏の始まりから秋の始まりまであれこれ考えたことどもが、須藤は青砥に嫌気がさしたわけではないと青砥に伝えていた。須藤と会えない毎日に慣れてきたということもあった。須藤と会わない毎日が青砥の日常になりつつあった。それは須藤と再会する以前の日常とそっくりだったが、来年の六月までの期間限定という点が大いにちがった。「はい、来年の六月」。掛け声が青砥の胸のうちで復活した。「来年の六月」、須藤との仲がどう転ぶかは、実は、不明だ。だが、会えることは会えるのだ。熱海に行くのだ。その後のことは、そのときに決まるだろう。アイドリングのような会話をするうち、ルートが見えてくるはずだ。

勤め先ではちいさな動きがあった。安西が復職した。たしかに家庭の事情とやらでパートを辞めた際に、落ち着いたら戻りたいと言っていた。社交辞令と思っていたが、そうではなかった。青砥はそれが嬉しかった。「来年の六月」のよい兆しのように感じた。歓迎会の意を込め、安西を晩飯に誘った。ふたりきりはマズかろうとヤッソさんにも声をかけ、金曜の夜、駅の裏手のまあまあきれいな居酒屋に集まった。

「あーっ、シャバに戻ってきたって感じ」

安西は喉を鳴らしてビールを飲んだ。

「少し痩せたか？」

青砥が訊いたら、「結果的にダイエットになったね」とおしぼりを握って、苦笑した。

「そんくらいがちょうどいいよ。ツヤがあってさ。安西くらいの歳だと、それ以上痩せちゃ見られたもんじゃねぇからな。なぁ、アオちゃん」

ヤッソさんは機嫌よく安西を持ち上げた。「焼酎、濃いめね。うんと濃くして」と注文したレモンサワーを旨そうに飲んでいた。

「顔つきもなんだかスッキリしてるし」と青砥が同調したら、「ホラ、アオちゃんも女っぷりが上がったって言ってるぜ」と安西にニヤリと笑いかけた。青砥も笑った。ヤッソさんの意外な社交性が可笑しかった。声をかけたときには「いいよ、おれは」といったんは断ったヤッソさんだった。「まーそう言わずに」と押したら、「おれでいいのかい？」に変わり、「安西はパートのなかじゃマシなほうだし、おれとしても歓迎のきもちはあるんだよな」と思案顔をし、「ほかならぬアオちゃんの頼みだし」と薄い半白の頭をひと撫でして、「お相伴にあずからさしてもらいます」と言ったのだった。

およそ二時間の歓迎会だった。安西は「家庭の事情」の詳細を語らなかった。その話題に近づくとスイッとはぐらかした。そのついでにウミちゃんの話が出てきた。ヤッソさんがトイレに立ったときだった。ウミちゃんの情報収集欲と伝播力が煩わしくてかなわなかった安西は、ウミちゃんと顔を合わせそうな場所には極力足を向けないようにしていた、と言った。「ヤオコー？」と青砥が訊いたら、笑ってうなずいた。もしウミちゃんのすがたを見かけたら、まず陳列台の後ろに身を潜め、気づかれないように退散するのだと聞き、青砥は全面的に同意した。青砥もヤオコーでウミちゃんと遭遇したときはそうしていた。

「悪いけど、ＬＩＮＥで友だち削除しちゃった。携帯も着信拒否」

安西はぺろっと舌を出した。「徹底してんな」と青砥は呆れたものの、安西のきもちはよく分かった。もし青砥がウミちゃんとＬＩＮＥの交換をしていたら、そうしていたかもしれない。

「いや、でも、そんなことしてウミちゃんにバレないのか？」

訊いたら、安西が首をかしげた。

「ＬＩＮＥだと、ウミちゃんからあたしにメッセージは送れるんだよね。あたしのほうからは見えないんで既読はつかないけど。電話はかけても延々呼び出し音が鳴るだけ。携帯の着信拒否は話し中になる。だからまぁ、バレるかもしれないよね」

でも、そろそろ友だち削除も着信拒否もやめようと思ってんだ。いまならウミちゃんとバッタリ会っても、やり過ごせると思う！　と安西は力こぶをこしらえてみせたが、青砥は「ああ、そうだな」とつぶやいただけだった。低い笑い声が口のはたから長く漏れた。須藤は青砥を、ＬＩＮＥでは友だち削除し、携帯では着信拒否していたようだ。徹底してんな、と腹のなかで言い、そうかぁ、と息を吐いたところでヤッソさんがトイレから戻ってきた。

社交的だったヤッソさんはレモンサワーのお代わりを重ね、いつもの呑んだくれのすがたを取り戻し、「安西のいないあいだによぅ、ふたーりパートがきたんだけどよぅ、これがどっちも使えないヤツでよぅ」とだらだらと愚痴をこぼした。

場がもっとも盛り上がったのは、安西がリリーにばったり会ったくだりだった。

「『コジマ』で洗濯機のゴミ取り買って車に乗ろうとしたら、隣に駐めてあったトラックがプップーってクラクション鳴らしてさ。見たらリリーじゃん。リリー、運転席の窓から顔、出して、『あ、どうも』みたいに挨拶してさ。うん、いつもの調子で。『あれ、今日、休み？』って訊いたら、『あ、辞めたっす』って。『えー、じゃあ、いま、なにやってんの？』って訊くじゃん、普通。そしたら『おもにネギやってます』って」

「ネギ？」

「農家みたいなんだよね、実家が」

「農家？」

青砥とヤッソさんは顔を見合わせ、腹を抱えた。「リリーが農業ってか」、「『おもにネギ』かよ」と爆発的に笑った。久方ぶりに腹から笑った気がした。

青砥の胸に残ったのは、安西が口にした言葉だった。どういう流れで安西がそう言ったのかは覚えていなかった。安西の「家庭の事情」の話題に接近したときだったかもしれないし、青砥とヤッソさんの独身生活について話していたときだったかもしれない。ともあれ、安西はこう言った。

「ダンナと生きていくんだなぁと思ったよ。まーいろいろあったけどさ。遅かれ早かれ、こどもって巣立つもんじゃん。そしたら残るのはダンナじゃん。なんだかんだ言って、あたし、このひとと死ぬまで生きていくんだろうなぁって、なーんか、しんみり思っちゃった」

青砥が須藤に求婚した原動力はとどのつまり「このひとと生きていきたい」だった。この願望に、「このひとと死ぬまで生きていくんだろうなぁ」という予見が糊付けされていたように思う。それなら、べつに結婚というかたちにこだわらなくてもいい気がしてきた。

青砥は須藤と生きていけたらそれでいいはずなのである。だが、須藤と生きていくのなら、結婚というかたちをとったほうが断然便利だ。いちばんそばにいられたとしても、病院に係る手続きは身内にかぎられる。夫ではない青砥は医師から須藤の病状を聞くこともできない。

「おまえ、どう思う?」

須藤にLINEを送った。ふしぎと須藤が読まないと分かってからは率直な言葉が打てるようになった。言いたいことの一部を打ち込み、あとは自分の頭のなかで補足した。すると須藤と話し合っているような気分になった。

「おまえはいやかもしれないけど、やっぱりなるべく早めに一緒になりたいんだがな」

「ダメかね。こういうの」

「おれの勝手か?」

あ、と口がひらいた。

青砥のなかで、須藤が青砥の求婚を拒んだのは、そのことは「寛解」まで棚上げしたいからということになっていた。須藤が「寛解」まで青砥を待たせる理由は考えなかった。

青砥の脳裏によぎったのは、須藤が引け目のようなものを感じているのではないかということだった。粗い紋切り型の言い方をするなら、これ以上の迷惑はかけたくない、っていうアレだ。須藤にはそういうところがありそうだった。くっだらねぇ、と口のなかで吐き出して、青砥のからだのなかが静かになった。抗がん剤治療を終え、回復した須藤と重なろうとした夜のシーンが胸に流れた。無理強いしたわけではなかった。だが、須藤は濡れなかった。須藤は焦り、とてもちいさな声でひとことふたことつぶやいて、台所に立った。オリーブオイルを持ってきた。「いいんだ、須藤」と青砥は須藤の手からオリーブオイルを取り上げ、床に置いた。ちいさな手で青砥を慰めようとする須藤の襟足を撫で、「いいんだよ、須藤」と言った。あのときも青砥のからだのなかが静かになった。沈黙がふくれあがり、口から出てきそうだった。

「情けないよ、おれは」

文字を打ち込み、中指と人差し指をこめかみにあてた。そこの血管の脈打ちが指先に弱く伝わった。おれはどうすりゃいいんだ？　と腹のなかで言った。どうすれば、おまえは「いい」って言うんだ？　六月に思ったことをまた思った。ずいぶん深いところまで須藤と根を張ったような気がしていた。須藤はそうではなかったのだろうか。

十一月、母が入院した。誤嚥（ごえん）性肺炎だった。約一ヶ月で退院し、施設に戻ったのだが、頻繁に発熱した。それでもミキサー食をよく食べて、毎回完食していた。ネクターも少しは飲めたし、「どちらさまですか」、「息子の健将」、「死にました」のやり取りもちゃんとできていたのだが、十二月九日、朝食後に誤嚥し、午前十一時頃、病院に緊急搬送され、午後八時三分に亡くなった。十日に通夜、十一日に告別式を執りおこなった。会場は市内のセレモニーホールだった。親族、知人合わせて、約二十人が見送った。青砥は五日間の忌引き休暇をもらった。その間に施設の退所手続きを始めとした、役所関係、公共料金関係などもろもろの「手続き」をできるだけすませた。不動産や預貯金の名義変更、生命保険金の請求なども年内にはあらかた終えた。

大晦日は戸田の叔父の家で過ごした。叔父に招ばれた。叔父は母の葬儀で顔を合わせてから、電話をくれるようになった。それまでは年に一度、会うか会わないかだった。母より五歳下で、歯はほとんど抜けているが、自転車にもまだ乗れる、元気な老人だ。

叔父の家には従妹も家族できていた。毎年、実家で年越しをするらしい。夫の実家は北海道で、そちらにはお盆に帰省することが多いと言っていた。ふたつちがいのこの従妹とはこどものころ、よくあそんだ。夏休みには三、四日ずつ、互いの家に泊まったものだ。

叔父と叔母と従妹夫婦と青砥とで紅白を観た。従妹の二十歳だか二十一だかの大学生の息子は携帯を耳にあてながら、さっき、ふらりと家を出た。年子の娘は最初からいなかった。冬コミケで年越しだと従妹が言っていた。

中高年だけで観る紅白は、昔、熱心に観ていた頃より、ぴかぴかと華やかだった。知らない若者たちが次々と登場し、うっすら聴き覚えのある曲を歌って踊った。従妹はアイドル界隈にそこそこ通じているようで、何人かの名前と、彼らがいかに若いひとに人気があるかを皆に教えた。青砥をふくめ、「皆」は従妹の披露した情報にはほとんど関心がなかったので、ふんふんとうなずいたあとは、それぞれの体調などを話した。従妹の夫が内視鏡検査を受け、ピロリ菌が見つかり、除菌したと話し、青砥も去年、生検を受けた話をした。定期的に検査に来るようにと医師から言われたが、喉元過ぎればなんとやらで、と頭を掻いた。

中高年たちが一斉に活気づくのは、知っている歌手が出てきたときだった。かつてのゴシップを蒸し返したり、好きだった曲を言い合ったりしたあと、「若い」とか「太ってない」とか「やっぱり老けた」と感想を口にした。叔父と叔母はにこやかにするだけで、ほとんど話に入ってこなかった。会話が途切れたら、イオンで買ったという寿司を勧めていたが、十時を過ぎたあたりから船を漕ぎ始めた。十一時前には床についた。

その日は泊まり、翌元日、やはりイオンで買ったというおせちを食べ、叔父の家を出た。

暖房を入れ、スウェットの上下に着替え、六畳間の座面の高いひとりがけソファに腰を下ろした。リモコンを手に取り、テレビをつけ、眺めた。二〇一八年のカレンダーが視界に入った。五枚めくって、十五日にマルをつけたカレンダーだ。今年の十五日は金曜日だった。

三十枚ほど届いた年賀状に目を通した。テーブルに置いておいた寒中見舞いのはがきを引き寄せ、椅子を立ち、テレビ台の引き出しから細字のサインペンを取り出し、戻った。投函（とうかん）するのは松が明けてからだが、書いておこうと。どうせ暇だし。

「寒中お見舞い申し上げます　ご丁寧なお年始状をいただき　有難く存じます　亡き母・智恵子（ちえこ）の喪中につき年頭の挨拶を控えさせていただきました　旧年中にお知らせ申し上げるべきところ年を越してしまいました非礼を深謝致します　寒い日が続きますが風邪など召されませぬようお気を付けください」

印字された文面を読み、部屋のなかを見渡した。相も変わらず、古ぼけ、ごちゃついた六畳間だった。元旦の清々しさは吹き込んでいなかった。

施設に入れたときから、母が戻ることのない家だった。遺体を安置する場所もないので、ほんとうに一度も戻ってこられなかった。二階の仏間に置いてもらおうとしたのだが、階段が狭く、「故人さまのおからだが多少窮屈になりますが」と葬儀社の担当者に言われ、諦めた。

父も母もあっけなく亡くなった。ひとり息子の手をそんなに煩わせなかった。えらいもんだ、と何度も思ったことをまた思った。余ったネクターを入れた冷蔵庫に目をやった。つづいて施設から持ち帰った衣類を突っ込んだ洋服ダンス。視線をめぐらせ、フッと笑った。

　青砥が小学一年か二年のときだった。学校から帰ってきたら、「健将？　健将なの？」と四つん這いで玄関に出てきた。驚き慌て「お母さん、どうしたの？」と訊ねると、母は白目を剝き、「お母さん、苦しくて、もう目が見えないの」と震え声で答えた。「なんにも見えないの。ここがどこかも分からないの」とおいおいと泣いた。青砥も泣いて、ガクンガクンと足に力の入らない母をようやく立ち上がらせ、手を引いて家のなかを案内した。「お母さん、ここ、ここが台所」。母の手をシンクに触らせ、「ここが流し」、蛇口に触らせ、「ここが水道」とハナミズを啜りあげ啜りあげ、涙で濡れた目を擦り擦りして、母に教えた。「これがまな板。お野菜をトントンするの」と言ったとき、母が噴き出した。バァの顔をして、「う・そ」と白状したあと、げらげら笑いながら、青砥を抱きしめ、「健将はやさしいねぇ」と涙ぐんだ。

　いま思い出してもひでーヤツだ。こどものこころをもてあそんで、と青砥は微笑しながら物言いをつけた。いまなら立派な虐待だ。なぜ母があんなドッキリを仕掛けたのかは謎だった。何度も訊いたが、「覚えてない」と首を振った。「なんとなくそうしたくなっちゃったんじゃない？」と無責任なことを言っていた。単なる気まぐれか、息子の母への愛情をたしかめたかったのか。いずれにしても迫真の演技だった、と思ったら、また笑いが込み上げた。亡くなった明くる年の元旦に、ひとり息子がゆっくりと最初に思い出したエピソードが「お母さん、苦しくて、もう目が見えないの」ドッキリとは、母も想像していなかっただろう。

　須藤の寝床に目がいった。須藤の寝床はそのままだった。天井には物干し竿が渡してあるし、駐車スペースの物干し場のきらきらポールもきらきらしたままだった。

　母が亡くなったと報せたかった。一度、会ってほしかった。ＬＩＮＥは送った。そのふたつを送信し、つい「どうせ読まないんだろ」と打ち込んだ。おれがたいへんなときに須藤はそばにいてくれないんだな、と、ふと、思ったのだ。道理が通らないのは分かっていた。青砥が須藤に寄り添いたかったのは、ただそうしていたかっただけで、恩を着せるつもりはまったくなかった。お返しを要求する気もなかったのだが、胸のなかの真んなかあたりに「おれ、みなしごになったんだぜ」というような、年甲斐もない、甘ったれた、恨み言めいたそんな思いがはっきりしない雲みたいに横に長くかかった。

　一月の最終週、母の四十九日の法要を執りおこなった。食事のあと、叔父がそっと近寄ってきて、「文子(ふみこ)たちがおまえに話があるんだってサ」と後ろに立っていた従妹夫婦を前に出させた。従妹夫婦は顔を見合わせ、意味深な目配せをし、青砥に「いいお話があるんだけど」と切り出した。

従妹の夫の趣味は油絵だそうである。従妹一家は叔父と同じく戸田市に住んでいて、従妹の夫が参加する油絵サークルも市内にあるらしい。そのサークルに、青砥と頃合いの女性がいるというのだった。三十半ばの市役所のパートタイマーで、公園事務の補助をしているそうだ。「会うだけでも会ってみない?」と従妹夫婦は熱心だった。「健ちゃんだって、これからドンドン歳を取るんだし、ひとりじゃ寂しいでしょ」と押してきて、「それとも実はだれかいいひと、いたりする?」と探りを入れられた。「いる」と答えたら答えたでおそらく根掘り葉掘り訊かれると察知した青砥ははぐらかし、だが、再婚する気はいまのところないと、それはきっぱりと告げ、頭を下げた。「とってもいいお嬢さんなのに」と従妹夫婦は残念そうだったが、「本人にその気がないのならしょうがない」と引き下がった、かに見えたが、二月に入ってすぐ、叔父から四十九日のご苦労さん会をやってやると言われ、断る理由もないのでノコノコ出かけたら、油絵サークルの女性に引き合わされた。

長い髪を横分けにした、健康的な女性だった。胸も腰も張っていて、クリーム色のワンピースがはちきれそうだった。浅黒い肌をしていて、南国風の目鼻立ちをしていたが、おとなしい性質らしく、終始控えめな態度だった。口数も多いほうではないらしく、従妹の夫は「見かけとちがい、いまどき珍しい、国宝級の大和撫子」と何度も言った。そのたび、女性は浅黒い頬を染め、うつむき、長い髪を触った。

隣同士の席に座らされ、すき焼きを食べた。女性はそれがわたしの仕事ですというふうに青砥に取り分けた。そのたび、青砥は恐縮し、礼を述べた。なんにも話さないのは失礼なので、「ぼくはシラタキがわりあい好きなんですが」と言ってみた。女性は「わたしは焼き豆腐が」と答え、「でもシラタキも美味しいですよね。味がしみて」と丁寧に付けくわえ、「おでんならなにがお好きですか、コンニャクですか」と訊いてきた。「たまごですね。あと大根とハンペン」と青砥が答えたら、「そうなんですね」と健康的なからだをはすにして、膝に手を置き、おっとりとうなずいた。

すき焼きをようやく食べ終え、青砥はトイレに立った。携帯をチノパンの後ろポケットにしまう身振りをしながらリビングに戻り、勤め先から呼び出しがあったとした。土曜でもだれかかれかは出勤していて、機械のトラブルがあったようだ、と慌てたふうを装い退散した。翌日、従妹に断りの電話を入れた。あのやり方はきたない、と騙し討ちにあった文句を言ったら、従妹は「やっぱりね」と言ったあと、「こっちだって、あれからたいへんだったんだから」と、ぶつくさ言われた。青砥に気に入られなかったと察した女性は落ち込み、慰めるのに一苦労だったそうだ。

決して感じの悪い女性ではなかった。いかんせん手応えがなかった。言葉も目つきも態度も青砥の胸をいじらなかった。もっとも柔らかな一点めがけて手を伸ばし、ぎゅっと摑んで放さない、須藤とはちがっていた。当然だ。あの女性は須藤ではない。須藤と同じであるはずがない。須藤はこの世にひとりしかいない。須藤以外の須藤など、いるはずがない。

どうしてくれよう、と青砥は指の関節を鳴らすように須藤を思った。須藤に会いたい。「青砥」と呼ぶ声が聞きたい。すがたを見たい。鳴りを潜めていた若さが奮い立った気がした。いわゆる、なけなしのってやつだ。

翌週から青砥の病院通いが始まった。

須藤の働く売店が入っている病院だ。その病院も戸田にあった。車でおよそ二十分だった。

日曜の昼に病院に着くようにした。十二時半だ。須藤が前にいた中央病院での早番、遅番のシフト交代の時間は、たしか午後一時だった。十二時半に売店付近にいれば、遅番で出勤する須藤を見かけることができるし、午後一時まで粘れば、須藤が早番を退ける時間だ。

休診の日曜は待合室の照明が落とされていた。ほぼ無人だった。時折、パジャマを着た入院患者が点滴スタンドをガラガラと引いて通り過ぎた。見舞いに来た家族と話し込むひともいたし、薄暗がりのなか、テレビを観るひともいた。そう、テレビはついていた。青砥は待合室の椅子に腰をおろし、テレビと売店の入口を交互に見ながら、須藤を待った。

初回は空振りだった。二回目も首尾よくいかなかった。須藤は休みのようだった。もしかしたら終日勤務の「通し」かもしれないと、こっそり売店を覗いてみたのだが、須藤はいなかった。早番と遅番が交代する時間は午後一時で間違いなかった。その少し前に遅番の店員がひとりかふたり、「おはようございます」と店に入ったし、少しあとの時間には「お疲れさまでした」と店員が出てきた。

三回目も須藤のすがたを目撃できず、二月が終わった。三月からはネクターを持参するようになった。母のために買ったネクターだ。「青砥」とマジックで名前が書いてある。日曜は施設に母を訪問する日だった。三年間つづけた習慣だった。母が亡くなった忙しさから解放された二月に須藤のすがたを拝むための病院通いを始めたというのが、青砥は少し面白かった。

薄暗い待合室で、甘く、とろりとしたネクターを飲みながら、売店に入るか、出ていくかする須藤を待つ時間は、そんなに悪くなかった。通常通りの照明をつけた売店の入口からは、白く明るい光が漏れ出ていた。薄暗がりに寂しく沈んだ日曜の病院で、そこだけが明るく、暖かな場所だった。なにかの目印のようだった。そこに須藤が出入りするというのが、青砥は嬉しかった。明るく、暖かな場所には、少なかったけれど、入院患者や見舞い客が入っていった。どのひともレジ袋を提げて出てくるのだった。「いらっしゃいませ」、「ありがとうございました」の声も細く聞こえた。接客中の笑い声が聞こえることがあった。ネクターを飲みながら、見聞きしていると、須藤の言葉が思い出された。おととしの七月、再会した須藤から、骨組みだけの飛行機の遊具のある公園で聞いた言葉だった。

「ちょうどよくしあわせなんだ」

甘みが喉を通っていって、白く明るい光が漏れ出る売店の入口と、そこに出入りするひとたちと、そこに出入りするひとたちの欲したものを差し出すひとたちの声を聞き、ネクターに書いた「青砥」の文字を親指で撫でると、青砥は、なぜだか、ちょうどよくしあわせだった。

そして、須藤が言ったように、家に帰ると、「ちょうどよくしあわせだ」と感じた自分が実におめでたい人物だと思えた。布団に入るころには、もしやり直せるとしたら去年の六月十五日に戻りたいと、そこそこ本気で考えた。空想であそぶ時間は愉しくないこともなかったが、須藤のすがたすら拝めない間の悪さというか縁のなさが寄り集まって、捉えどころのないいやな予感が雨雲みたいに広がって、湿気ったきもちになるのだった。

そんなきもちも四月に入ると楽になった。あと二枚カレンダーをめくれば六月になる。十五日には、須藤から連絡がくるはずだ。そしたらマッハで会いに行く。

九「合わせる顔がないんだよ」

なにも買わずに花屋を出た。

南口の駐輪場で百円払って自転車を拾い、勤め先に戻り、丁合機(ちょうあい)に向かった。一枚ずつ離された折り丁が運ばれ、落とされ、載せられ、また運ばれ、製品になっていった。残業を少しして、家に帰った。途中、コンビニに寄った。昼を抜いていたので、腹が空いているような気がした。冷しぶっかけ温たまうどんと鮭おにぎりを買った。ボトル缶コーヒーも買った。発泡酒はまだある。

座面の高いひとりがけのソファに座り、足を片方立て、飯を食った。六畳間はごちゃついたままだった。もう親の家ではなく、青砥の家なのだから、住み心地のいいように片付けてもよかったのだが、手をつけていなかった。このままにしておいてやりたいという、情のようなものによるのか、単に面倒なのか、青砥自身にも判じかねた。

須藤の寝床に目がいく。きらきらポールにも、外の物干し場にも、オレンジ色のベランダサンダルにも。口いっぱいにうどんを啜り込み、プラスチックの丼に箸を投げた。四口でおにぎりをたいらげ、席を立つ。冷蔵庫からビールを出し、立ったまま飲んだ。冷蔵庫のなかにはネクターがまだあった。どれにも「青砥」と書いてある。冷蔵庫の上には百円ショップで買った貯金箱が置いてあった。三月からだったか四月からだったか、病院通いをするたびに、五百円玉を貯金箱に入れていた。なにかが「たまる」実感が欲しかったのかもしれない。病院で須藤のすがたは見られなかった。四月も五月も六月の三日も十日も。五月も六月の三日も十日も、と繰り返した。見られないはずだ。須藤はもうこの世にいなかった。いま、ちょっと会えていないだけの須藤が、六月十五日には会えるはずだった須藤が、二度と会えないひとになった。須藤と、二度と、会えなくなった。

冷蔵庫に背中をつけた。母がその場しのぎで買ってきたワゴンやラックのガチャガチャに目が留まる。藍色のプラスチック袋が突っ込まれていた。須藤の見舞いに行ったとき、渡しそびれたマンガだった。そういえば、青砥が出演した動画もまだ須藤に見せていなかった。

須藤のアパートに行った。

外階段の下で自転車を停め、片足を地面につけ、須藤の住んでいた建物を見上げた。花屋から勤め先への帰り道にも自転車を停め、空ごと見上げた。見事な青空を背景に、須藤のアパートは建物として建っていた。会えないあいだも車や自転車で通りかかった。ちらりと視線を走らせて、ドアチャイムを鳴らしたいのを我慢した。

外階段を上ってすぐの二階の角部屋。玄関ドアの隣にある風呂場の磨りガラスの窓から、明かりがほんのり漏れていた。あれは台所の明かりで、青砥が須藤を訪ねたときも同じようにほんのりと明るかった。次の入居者が決まったようだ。集合ポストの須藤の部屋番号を見た。ネームプレートは空白だったが、それはどの部屋番号もおんなじだった。須藤も名前は出していなかった。

自転車を降りた。アパートの隣の駐車場に行ってみる。

輪留めの後ろの細長いスペース。そこが須藤の菜園だ。鉄パイプに沿って、特製オリーブオイルに使った草を一列に植えていた。雑草が生い茂っていて、ちょっと見ではどこからどこまでが須藤の菜園なのか分からなかった。「ぜんぜんちがうよ。よく見なよ」と須藤は言っていたのだが。

菜園は更地になっていた。生い茂った雑草もきれいに抜かれていた。あちこちに捨てられていたバケツの蓋や壊れた丸ハンガーなどのゴミも一掃されていた。近所のきれい好きな主婦が掃除をしたと思われる。青砥は困ったように頭を掻き、かすかな笑みを浮かべた。明かりの灯った須藤の部屋のベランダ窓に目を上げ、「な。やっぱり、雑草みたいに見えたんだって」と腹のなかで言った。

膝を曲げて腰を落とす。たしか、このへん、と土に触れた。土はふかふかと柔らかだった。引き抜かれて、まだ間がないようだ。柔らかな土を握って持ち上げ、パラパラと落とした。繰り返すと、掻き分けるという感じになった。青砥の手は柔らかな土を探り、徐々に穴をひらいていった。やがて掘り進めるというふうになった。土が柔らかくなっているのは、根が生えていたからだ。須藤の草の真んなかの太い根は地中に真っすぐ伸びていた。柔らかな土の幅が狭くなる。

しゃがんだままカニ歩きで移動し、ひとつずつ穴をひらき、掘り進めた。柔らかな土の幅が狭くなったところで次。手応えがあったのは、端の穴だった。須藤のアパートのすぐ脇だ。指の腹で土を除けたら、紙が覗いた。と、頭上に物音がした。見上げたら、須藤の部屋のベランダ窓が開いた。須藤の妹が顔を出す。のっそりと立ち上がったら、目が合った。須藤の妹は手で口を押さえ、その手を離し、「青砥さん？」と首をかしげた。

須藤の部屋に入った。

寸分違わず、そのままだった。

須藤の妹は冷蔵庫から麦茶を出した。その麦茶ポットは須藤が近所のスーパーで買ったものだった。その前に使っていたのが注ぎ口の蓋がきちんと閉まらなくなったので、買い替えた。妹はレンジ台兼食器棚の扉をひらき、漏斗型の陶器カップを取り出した。群青色だった。漏斗型の陶器カップはウグイス色と群青色の二個あり、青砥のカップはウグイス色のほうだった。

流しで手を洗わせてもらった。爪の中にも土が入っていた。和室にいる妹が話しかける。

「お姉ちゃんのお金があるうちは、ここを借りるつもりなんですよ」

「ああ、そうですか」

てっきり、新しいひとが入ったのかと、と青砥も和室に行った。須藤の妹に勧められ、オリーブグリーンの座布団に正座した。位置はレンジ台兼食器棚のほうだった。妹が言った。

「ちょくちょく来てるんですよ。たまに泊まったりもして」

青砥はうなずき、麦茶を飲んだ。

「まだ夢に出て来てくれないんです」

青砥さんのほうはどうです？　という目で見た。

「今日、知ったんですよ。偶然」

座布団を外し、型通りの悔やみの言葉を述べた。腿に置いていた手がぎゅっと握られた。

「遅くなり、失礼しました」と頭を下げる。

「こちらこそ、連絡できなくて」

すみません、と妹も頭を下げた。

「お姉ちゃんが親戚以外だれにも言うな、って。青砥さんにはお知らせしたほうが、と思ったりもしたんですけど、迷ってしまって。すごく迷って」

ご連絡先も分からなくなっていましたし、ご自宅は知ってたんですけど、お伺いするのもどうなのかしらと、と頭をあっちに傾け、こっちに傾けして言い、「すみません」とまた謝った。

「いえ、ほんとに」

青砥は押さえるように手を動かした。奥歯に力が入った。さっきから、なにかを堪えているような気がする。視線の先には押入れがあった。あそこに段ボール箱が入っている。短い面には「文書保存箱」と印刷されてあって、長い面には須藤の手書きで、通帳（ハンコ、キャッシュカード）と内容が書いてあって、その最後は「まだ書いていない」遺書だった。

「遺書にはなにも」

須藤の妹が言った。青砥の視線に気づいたようだ。

「木で鼻を括るというか、無味乾燥というか、事務的なことしか」

須藤の妹は「もう、ほんとにお姉ちゃんときたら」というふうに顔の右半分を歪めた。

「二回目の手術のあと、言ったんですよ。『みっちゃん、わたしが死んでも、だれにも言っちゃだめだよ。親戚はしょうがないけど、ほかには絶対言わないでね。なんなら、みっちゃんが影武者になって、わたしの携帯を使って、わたしが生きてることにしてもいいよ』って言うので、『お姉ちゃん、武田信玄みたいだね』って笑ったら、お姉ちゃんも笑って、『なるべくずーっと、なんとかやってるって思わせたいじゃん』って言って」

「ああ、そうですか」

できの悪い愛想笑いを浮かべ、青砥は口を結んだ。んっと腹に力を入れ、訊いた。

「二回目の手術？」

「腹膜播種で。一回目は切除だったんですけど、取りきれなかったようで、また化学療法をやって。そのあいだに腸閉塞とかいろいろあったんですが、二回目は抗がん剤が効いてるかどうか調べるために採ったんです」

「ふくまくはしゅ？」

「あ、種が蒔かれるみたいにがんがお腹に広がるもので。大腸がんの手術のあと、化学療法やりましたよね。抗がん剤治療。あれが終わって最初の検診で見つかったんです」

「最初の検診？」

「そうです、去年の六月の」

半ばだったですかねぇ、と妹がどこも見ていない目で答えた。「ああ」と青砥も同じ目で応じた。「ああ、そうですか」と独りごちる声が震えた。胸のなかの空気をみんな吐き出すような息が出た。「そう」と浅くうなずく。「そうだったんですね」と何度か。

「治るかな、と思ったときもあったんですけど、亡くなる二、三週間前にガタガタッと悪くなって」

須藤の妹は自分の手のひらを撫でながら話した。

「訊いたんですよ、あたし。『青砥さん、呼ぼうか？』って」

手のひらを裏返し、親指の腹で指を一本ずつ撫でていく。

「お姉ちゃん、ちょっとだけ笑って『合わせる顔がないんだよ』ってそう言って」

須藤の妹は口元を緩めようとしたのだが、引きつったようになった。

「『青砥、検査に行ったかな』って、それが」

最期の言葉になったんです、はい、と青砥を見た。青砥は口を閉じようとしていた。うまく閉じることができなくて、唇が強張った。下顎に力が入っているらしく、喉の筋がみしっと浮き上がるのを感じた。振動するように頭が上下に細かく揺れ、「明日、予約を入れます」とやっと答えた。

須藤の菜園に戻り、穴掘りを再開した。爪で土を注意深く避けていき、紙を取り出す。折り畳んだ封筒だった。なかにネックレスが入っていた。ネックレスには青砥の家の合鍵も通してあった。

「雑なんだよ、おまえ」

声が出ていた。合鍵の先のほうで穴を掘りながらつづける。

「埋めるなら、もっと深く掘ったらどうだ。猫がしょんべんしに来たらどうするよ」

堅い土の柔らかな幅を合鍵の先で探っていった。

「転移したなら、したって言えよ。ちょっとヤバいことになったって、それくらいは言えるだろうよ。ていうか、おれだよ」

なぜ、あの日、気づかなかったのか。「あれ、今日、検診だった？」と訊いたじゃないか。「どうだった？」と。「聞きたい？」、「くわしく？」、「えー、そんなに？」と時間稼ぎをするあいだ、須藤はきっと迷っていた。そしてあのVサインだ。二本の指をしょんぼりと折り曲げた、あのVサイン。

「なに早速誕生日の話なんかしてんだよ」

覚えている。あの日、青砥の頭は求婚することでいっぱいだった。

「だから、アレが」

合鍵を持つ手に力が入った。あの日じゃなくてもよかったのだ。もっと言えば結婚なんてしなくてもよかった。須藤と生きていけたら、それでよかった。須藤と過ごした場面が青砥のなかに流れ込んだ。公園。秋の夜、須藤のアパートから青砥の家まで歩く途中のセブン-イレブンの前。ヤオコーの駐車場。病室。無印良品の店内。外階段。須藤の部屋。須藤の寝床。場面はまどいをひらくように青砥を囲み、細部を拡大させた。須藤の目。泣きぼくろ。横の髪を耳にかける手つき。喉の白さ。からだを傾けてやったヤッソさんの真似。滑りの悪いベランダ窓を開けるガニ股の後ろすがた。へったくそなストーマの土台の切り方。声も聞こえた。威張って呼ぶ「青砥」。笑いながら呼ぶ「青砥」。たしなめるように「青砥」。うんと湿り気のある「青砥」。「わたし、いつも、青砥を見てたよ」。聞こえるたびに痛みが刺す。

昼休み、花屋から自転車を拾いに行くまで歩いた道を思い出した。駅前の焼き鳥屋、吉野家、ロータリー、タクシー乗り場、そして南口の駐輪場。勤め先まで自転車で走らせていたときのことも思い出した。広がる空、右上の太陽、前髪を煽る風、こめかみを伝う汗、自転車を漕ぐ足、ハンドルを握る手。どれも色褪せ、腑抜けのようにぼやけていた。須藤がいなくなっただけで、世界はこんなに変わるのだった。

柔らかな土の幅が狭まっていく。ちょっとやそっとじゃ掘れないような固さの暗い地中を、根は進んでいったらしい。根は、案外、深かった。深かったのだと、青砥は思った。

解説

中江有里（女優・作家）

大人の恋、と聞いてどんなイメージが浮かぶだろうか。

そもそも「大人」がどの年齢を指すのかも曖昧だが、成人からならかなり幅は広い。自身を振り返ると、二十代はとても「大人」と呼べるものではなかった。

自尊心が強くて、人と比べて足りないところばかり気にしていた。欲しい何かを手に入れたくて少々無理をして後悔した。幸い経済的には自立はしていたが、深まる孤独を埋められずに他者や物に執着したこともある。

翻って「大人」とはそういうものと正反対の状態だと思う。端的に言うなら「身の丈を知った人」。本書の主人公たちがまさにそう。

中学の同級生・青砥健将と須藤葉子は互いに戻った故郷の町で再会する。ともに五十歳、結婚歴はあるが現在は独身。独り暮らし。

物語の冒頭で、須藤葉子が亡くなったことが明かされる。青砥は動揺する。そこに至るまでの経緯を知らされていない読者も、青砥の様子から二人の関係をなんとなく察知するだろう。

本書は大人になって初恋の相手と再会し、気持ちを確かめ合ったが片方が亡くなるという物語だ。誤解を恐れずに言うならありふれた物語。大人の純愛ストーリーとも言える。

刊行当時に単行本で初めて読んだ時から、この解説を書くために読みなおした今なお、自分の想像以上に青砥と須藤が心に居着いているのを自覚した。

結末は最初からわかっている。若くはない二人の恋は決してキラキラとしていない。地元の居酒屋より安上がりな家飲みを選び、洋服はシンプルかつ機能的で安価な無印良品やユニクロ。身の丈で暮す市井の人。ささやかで人目を引くことのない二人の先に待つのは須藤の死。

でもこんな平場の二人だから、痛いほど伝わる真実がある。それについては後で触れたい。

本書の語りはその構成も合わせて、最初に読んだ時は戸惑いを覚えるかもしれない。

一度読了して、一と二の章を読み返した時に青砥の語りの意味がわかる。たとえば同じ場面を映像では多分描ききれない。なぜなら人の記憶は一瞬で時空を超えてしまうからだ。須藤の死を知った青砥は、須藤との再会、須藤と過ごした時間、彼女の言葉が心に開いた無数の穴から次々に噴き出してくるように思い出す。やがて心は須藤でいっぱいになる。

物語は青砥の浮き沈みするような視点で進行する。自分の中に潜り込んでみたり、あるいは俯瞰(ふかん)で見ていたり、時に自虐的にもなる。大人である青砥は中学生のように自信過剰ではない。須藤から家飲みを提案された時も「世間の目」を気にし「付き合ってもいない女とサシで家飲みするおれを見たくないんだ」と返している。

多くの恋愛は、好きの感情の制御がつかなくなって発展するが、大人同士で客観する二人だからこそ、遅々として進まない。恋愛ほど人を狂わせるものはないことを二人は知っている。バカな真似はもうしたくないのだ。

しかし感情の制御が揺らぐ出来事が起きる。須藤の大腸がん発覚だ。

再度年齢の話に戻るが、わたし自身は四十歳から体のあちこちに加療が必要となる不具合があらわれた。当たり前だが年を重ねるほど、体にはガタが来る。そう実感してから五十代は「人生の終わりの始まり」と捉えている。

人生の終わり＝「死」を身近に感じる時期の始まりが五十代とする。その年齢で須藤は病が発覚し、いきなり「死」の前線に立たされた。青砥は須藤のために何かしたい、と感情の制御を解いた。

大人同士の純愛の始まりは、冒頭に明かされた死で終わる悲恋の始まりでもある。

須藤の加療とほぼ同時進行する恋は、青砥にとって須藤との距離を縮められる機会だ。しかし術後すぐに見舞いに来させない須藤と、彼女のために何かしたいのに、何もさせてもらえない青砥の対比が興味深い。

本書は全編青砥の視点で描かれるため、須藤の真意は想像するしかない。須藤の性格は恋愛ドラマのヒロインとしては少々異質だ。

これまでの数多の「ありふれた物語」なら、死の恐怖が恋する二人の絆を強くし、互いを一層頼りにするだろう。

しかし須藤はか弱くない。芯が太いと青砥は須藤を称するが、須藤は青砥だけでなく、数少ない身内である妹にも頼りたくないのだ。がんを患わなければ、きっと青砥と須藤は距離を測り、友情を保ったはず。

現代は独りで暮すことができる社会だが、独りで生きるのは困難な瞬間がある。それが病の時と、死後の始末。

「後始末をするひとにやさしい部屋」で暮していた須藤にとって「いつか」来るはずの死のリミットはいきなり迫ってきた。

手術を受けるには身内の身元保証人が必要だ。誰にも頼らずに生活するのが無理だとわかった須藤は、青砥に頼ることを決める。

本書が数多のありふれた物語と違うと感じるのは、病におけるセンチメンタルな感情が排されているところだ。ストーマという人工肛門にまつわる問題や悩みも二人にとっては日常会話。一時的な同居をしても、必要以上に頼らない須藤。「おれがいるのに」というセリフを青砥は自制している。

もちろんそこに確かな好意はある。だから須藤は青砥を受け入れているし、青砥の須藤への想いは病で損なわれない。大人の恋には束縛ではなく、相手への尊重がある。

物語が終わりに近づくに従い、その先にある道が見えてくる。青砥はその道を須藤とともに行きたいと願うが、須藤は違っていた。

話は変わるが、わたしの母はすい臓がんが発覚して一年足らずで亡くなった。がんだとわかり、長年勤めていた店を閉じ、抗がん剤治療に専念した。副作用に苦しみながらも一度も治療を休まなかった。しかし抗がん剤が効かなくなり、緩和治療へ移行が決まったあたりから様子が変わった。

何とか母を励ましたいと思ったが、塞いだ心を開くことはできなかった。

本書を読み返して、自然と須藤と母が重なった。あの時の母は、生きる望みを失い、まもなく死ぬという孤独を誰とも共有できなかった。おそらくそばにいた父とさえも。娘のわたしも母の孤独を想像しきれなかった。

きっと青砥は須藤がどんな状態であっても支え続けただろう。大事な須藤とともに生きることが彼の人生の贖罪なのだ。

青砥も須藤も基本的に善良な人だ。でも誰かを裏切ったり、卑怯なふるまいをしたり、人を傷つけたりしたことのない人間がいるだろうか。

生きていれば傷を負う。細胞レベルで負った傷は病になり、心の傷はトラウマになる。傷つくだけでなく、誰かを傷つけることもある。人は負った傷も人を傷つけた過去も抱えて生きていくしかない。

須藤は間もなく死ぬ。愛する人とともに生きることはできても、ともに死ぬことはできない。死ぬときは独りだ。

終わりの始まりである五十代は、誰も独りで死を迎えるという真実に向き合う時——なのかもしれない。

身の丈で生きるのは決して楽じゃない。大人としての自虐も客観もこれ以上バカげたことをしないための術である。それでも人は人を好きになる。

人生の贖罪と残り時間を照らし合わせて、誰かを好きになり、思いが成就したならばそれは幸運と呼べるだろう。

本書は悲恋に終わるが、幸運に見舞われた二人の軌跡でもある。

参考資料

『患者必携　がんになったら手にとるガイド　普及新版』国立がん研究センター・がん対策情報センター・編著（学研メディカル秀潤社）
『がんまんが　私たちは大病している』内田春菊（ぶんか社）
『安心してがんと闘うために知っておきたいお金の実際』内田茂樹（主婦の友インフォス情報社）
『乳がんと生きる　ステージ4記者の「現場」』毎日新聞生活報道部（毎日新聞出版）
『がん患者、お金との闘い』札幌テレビ放送取材班（岩波書店）
「国立がん研究センター　がん情報サービス」https://ganjoho.jp/public/index.html
「５ＹＥＡＲＳ　日本最大級のがん経験者コミュニティ」https://5years.org/
「がんと生きるすべての人を応援します。　がんサポート」https://gansupport.jp/
「ブーケ（若い女性オストメイトの会）」http://www.bouquet-v.com/
「サバイバーシップ　がんと向きあってともに生きること。」https://survivorship.jp/
「ＩＫＩＮＡＲＩ　ＬＡＲＣ」https://ikinarilarc.com/

二〇一八年十二月　光文社刊

光文社文庫

平場(ひらば)の月(つき)

著者　朝倉(あさくら)かすみ

2021年11月20日　初版1刷発行

発行者　鈴木広和
印刷　萩原印刷
製本　ナショナル製本

発行所　株式会社　光文社
〒112-8011　東京都文京区音羽1-16-6
電話 (03)5395-8149　編集部
8116　書籍販売部
8125　業務部

ISBN978-4-334-79265-7　Printed in Japan

JASRAC　出 2108533-101　組版　萩原印刷

光文社文庫　好評既刊

茜色のプロムナード　赤川次郎
虹色のヴァイオリン　赤川次郎
枯葉色のノートブック　赤川次郎
真珠色のコーヒーカップ　赤川次郎
桜色のハーフコート　赤川次郎
萌黄色のハンカチーフ　赤川次郎
柿色のベビーベッド　赤川次郎
コバルトブルーのパンフレット　赤川次郎
菫色のハンドバッグ　赤川次郎
オレンジ色のステッキ　赤川次郎
新緑色のスクールバス　赤川次郎
肌色のポートレート　赤川次郎
えんじ色のカーテン　赤川次郎
栗色のスカーフ　赤川次郎
牡丹色のウエストポーチ　赤川次郎
灰色のパラダイス　赤川次郎
黄緑のネームプレート　赤川次郎

焦茶色のナイトガウン　赤川次郎
改訂版　夢色のガイドブック　赤川次郎
やり過ごした殺人　赤川次郎
招待状　赤川次郎
禁じられた過去　赤川次郎
行き止まりの殺意　新装版　赤川次郎
ローレライは口笛で　新装版　赤川次郎
田村はまだか　朝倉かすみ
満潮　朝倉かすみ
実験小説ぬ　浅暮三文
三人の悪党　浅田次郎
血まみれのマリア　浅田次郎
真夜中の喝采　浅田次郎
見知らぬ妻へ　浅田次郎
月下の恋人　浅田次郎
13歳のシーズン　あさのあつこ
一年四組の窓から　あさのあつこ